# Ley garrote

# Ley garrote

## Joaquín Guerrero Casasola

**Roca**editorial

© Joaquín Guerrero Casasola, 2007

Primera edición: marzo de 2007

© de esta edición: Roca Editorial de Libros, S.L.
Marquès de l'Argentera, 17. Pral. 1.ª
08003 Barcelona
correo@rocaeditorial.com
www.rocaeditorial.com

Impreso por Brosmac, S.L.
Carretera Villaviciosa - Móstoles, km. 1
Villaviciosa de Odón (Madrid)

ISBN: 978-84-96544-95-6
Depósito legal: M. 3.316-2007

A Cristina Pouliot Madero
por todos los libros que conformaron éste
en 20 años de vida compartida.

A Javier Sánchez Zapatero por su fresca
y sabia amistad.

# PRIMERA PARTE

No hay nada más arrullador que el ruido sedoso de un coche recién salido de la concesionaria. El modo en que las llantas se deslizan sobre el pavimento no se compara con caricia alguna de mujer, y si por azar cogen un bache, nunca se sacuden como en esas viejas carcachas de mi infancia, años en que la gente creía que los viajes a la Luna se volverían cosa de tomar un taxi. Por eso, cuando Mariano del Moral me dijo le daré cinco mil pesos por sus servicios, estuve a punto de conectarle un golpe en su mandíbula escondida de castor sarnoso.

Tenía mis razones: el primer pago del Tsuru Nissan, modelo austero, sin elevalunas eléctrico ni asientos de velour, costaba quince mil pesos, eso, si no me perdía las ofertas de septiembre.

—Seis mil, Baleares, no tengo más —gruñó el tipo.

—¿Eso vale la vida de su hija? —le inquirí—. ¿Seis mil cochinos pesos?

Me echó una mirada de rata furibunda.

—Precisamente, Gil, estamos hablando de la vida de mi hija.

—Y de que yo soy un profesional.

—Que no tiene una oficina decente, que conocí por un compadre y que no tiene nexos con la policía.

—Pues vaya con la policía y arriésguese a que sean de fiar. Mire, señor Del Moral, los secuestradores le pidieron cuatrocientos mil pesos por su hija, yo sólo le pido veinte mil, perdone la expresión, pero es una verdadera ganga. Otro le pediría al menos la mitad de los cuatrocientos mil.

Cuando terminé mi perorata me sentí como el jodido vendedor de la Nissan, Aniceto Pensado, un tipo sin escrúpulos que goteó saliva en los dientes mientras yo hacía cuentas con los dedos dentro de los bolsillos para ver si me alcanzaba el dinero.

—Está bien —se rindió Del Moral—, le daré los veinte mil. Diez ahora y el resto cuando vea a mi hija viva en mi casa.

A todo esto, estábamos bebiendo mezcal en una pocilga de la carretera, en Tres Marías. Quedaba una cuarta parte de la botella y las moscas parecían deseosas de ahogarse en el alcohol.

—No tengo más remedio que aceptar sus condiciones —se quejó Del Moral.

Y yo me di un baño de pureza:

—Señor Del Moral. Sé que hoy en día a los investigadores privados sólo nos contratan mujeres para enterarse a qué golfa se tira el marido, pero puedo decir a mi favor, y contra la mayoría de los policías que conozco, que estudié la secundaria completa, que trabajé en la policía antisecuestros siete años, lo cual me faculta para saber cómo se cuecen las habas por dentro, y, tercero, que no es la primera vez que rescato a alguien vivo.

Debí parecerle convincente porque sacó la chequera. Estampó su firma y cortó el cheque de un tirón. Estrella, su mujer, venía del baño. Al verme con el cheque en las manos, encogió la cabeza como las gatas cuando están por saltarle encima a alguien.

—Cóbrelo el martes —me advirtió Del Moral—, ahora no tiene fondos.

Apenas era martes, así que él se refería al martes de la semana entrante. Revisé por segunda vez el cheque. La cuenta estaba a su nombre. Mariano del Moral Ugarte. Banco Nacional de México. Su firma me pareció el garabato de un niño mimado, quizá porque le tembló la mano cuando lo firmaba.

—¿Cuándo veremos resultados?

La pregunta me hizo sentir uno de esos curanderos a los que acuden los desesperados en busca de amor o de empleo. Doblé el cheque en dos partes, lo guardé junto a mi corazón y le dije al hombre:

—Todo a su tiempo, ¿a qué hora quedaron de hablarle los secuestradores?

—A las ocho.

Miré mi reloj barato de Taiwán.

—Son las cinco. Más vale que volvamos a su casa, la carretera puede estar atascada. ¿Recuerda lo que tiene que decirles o lo volvemos a ensayar?

Del Moral, recitó sin ganas:

—Que sólo tengo setenta mil pesos, que no les daré más hasta no saber de mi hija, que quiero un video de...

—No, no, no —le interrumpí—. No lo diga como si fuera un robot, además las palabras deben parecer suyas, no mías, ni dichas como la lección al profesor.

Del Moral sopló un bufido y quiso echarse otro vaso de mezcal, la esposa, que hasta ese momento había estado callada, le alejó el vaso, y le reprochó:

—¿Para qué metes el trago en medio, Mariano?

—Para darme valor.

—¡El valor está en los huevos! —gruñó la vieja.

La miramos con respeto.

—Y usted. —Me señaló Estrella—. Escuche bien, no porque mi compadre lo recomendara sienta que tiene mi confianza. Le voy a dar dos días, ¿lo oyó? Dos días y si nos está tratando de estafar, se va a joder porque no me conoce. Soy una perra herida.

No se lo refuté.

13

Trajeron la cuenta. Del Moral sacó la cartera y yo, la verdad, me hice el desentendido. Consideré aquello como parte de mis viáticos.

Regresamos a Ciudad de México por la libre, en mi viejo Datsun, pero no tan rápido como esperaba ni sin percances. Una de las llantas se desbarató en trozos, echando olor a hule quemado. Por suerte, junto a un taller, donde, por desgracia, pagué cincuenta pesos de mi bolsillo por una llanta usada, así que los viáticos me salieron caros. Al entrar en Ciudad de México, encontramos atasco y pusimos el pie en casa de los Del Moral a eso de las ocho menos diez. Prefiero ahorrar palabras en describir cómo el pobre hombre se mordía las uñas; los secuestradores les habían advertido que le hablarían a su teléfono fijo, y que si no estaba ahí para atenderlos, podrían no volver a hablarle nunca más.

Un paréntesis: el viaje a Tres Marías había sido idea mía. Lo propuse por si los secuestradores me habían visto entrar y salir de la casa, quería dar la impresión de ser un amigo de la familia, alguien que quizá estaba enterado del secuestro, y cuya única aportación al caso era llevarlos de paseo por ahí.

Nos acabábamos de instalar en la sala cuando apareció el hermano de la mujer: también él venía de la calle. Parecía un tipo orgulloso de su cuerpo atlético, aunque yo le vi nalgas de marica. Por supuesto, no era eso lo que me molestaba de él, sino su mutismo indolente ante la situación. Se llamaba Eduardo, pero le decían Yayo. Dijo un hola insulso, fue a la cocina, regresó con un vaso grande de agua, lo engulló moviendo su brutal cogote. Envidié su predisposición a la salud. Luego de beber dijo que se iba a dar un baño y se largó escaleras arriba, mirándonos por el rabillo de sus ojos verdipálidos.

El teléfono timbró, Del Moral y su mujer se acojonaron. Había llegado la hora de tener la sangre fría.

—¿Está listo? —le pregunté a Del Moral.

Se quedó tan boquiabierto como un pez sin aire.

El teléfono volvió a timbrar.

Levanté la bocina, la puse sobre la oreja del desdichado e hice un espacio entre bocina y oreja para oír la conversación. Si la adrenalina tiene olor, era el de Mariano del Moral ácido y dulzón al mismo tiempo.

—¿Ya tienes el dinero? —preguntó una voz sedosa del otro lado de la línea.

—Setenta mil pesos…

—No me salgas con eso, ojete de mierda —se ofendió la voz sin cambiar su tono suave—, no estoy jugando. A tu hija se la va a cargar el de los cuernos duros si no pagas los cuatrocientos mil macizos.

Del Moral me miró con ojos de perro recogido. Estrella se alejó y cayó hincada frente a un santo de yeso al que le habían puesto un cirio del tamaño de un árbol canadiense.

Yo traté de infundirle fuerzas a Del Moral echándole una mirada imperativa.

—Setenta mil pesos, es lo único que tengo. Dime dónde te los llevo.

—No me estás oyendo, ¿verdad, putito? No son setenta, son cuatrocientos o tu niña ya valió camote.

Del Moral tragó saliva. Le moví una pierna, espoleándole.

—Tú no me devuelves a mi hija hasta que junte el resto. Ése es el trato.

—¿De qué estás hablando, dulcero comepedos?

Lo de dulcero era porque Del Moral tenía una fábrica de caramelos. Era el dueño de la legendaria y antigua marca Toficos, unos dulces pegajosos de cajeta tan chiclosa que te arrancaban cualquier amalgama incrustada en las muelas.

—Te estoy comprando tiempo —dijo Del Moral.

—¿De cuál fumaste, güey?

—Quiero saber que mi hija está viva, dame un video donde yo vea que no le han hecho nada y un plazo de dos días para

15

juntar la cantidad. No soy un hombre rico. Necesito hipotecar la fábrica, vender los coches, todo eso lleva su tiempo.

El silencio pareció tan interminable como la ducha que Yayo el indolente se estaba dando arriba.

La mujer ya no rezaba, sus ojos miraban con reclamo al santo de yeso, creo que se trataba de san Judas Tadeo, patrono de los casos desesperados.

—¿Quién te ha asesorado? —preguntó, suspicaz, la voz.

No conté con ese detalle. Era obvio que el secuestrador notaría la diferencia entre el Del Moral de las llamadas anteriores, sumiso, y éste, envalentonado.

Por suerte, Del Moral, sacó el toro adelante:

—Mi cuñado dice que les dé el dinero que tengo, pero que ustedes muestren algo de buena voluntad.

—¿Y quién es tu cuñado?

—Ya te lo dije, mi cuñado.

—Muy bien. —El secuestrador largó un suspiro—. Ponlo al teléfono al cabrón sabelotodo. Ahora voy a negociar con él y tú sácate a chingar tu madre.

Del Moral tapó la bocina y me preguntó:

—¿Ahora qué le digo?

No supe responder, al menos no de inmediato. La mujer de Mariano, desde su sacrosanto rincón, me miró con odio, sentí que también el santo me veía de esa forma.

—No puede venir ahora —aventuró Del Moral—. Se está bañando…

—¿Sabes qué, cabrón? —gruñó el secuestrador—. Creo que ahí la vamos a dejar. Voy a colgar y a tu hija Alicia le vamos a meter una bala en la cabeza y otra donde te conté…

Mi mano fue más rápida que la súplica que estaba por salir de la boca de Mariano del Moral, le quité la bocina y colgué de golpe.

La esposa arisca no lo pensó dos veces, se paró y de un salto se me echó encima como una rata a la que le han dado un puntapié lejos del pedazo de queso. Me cubrí la cara, pero sus rasguños me alcanzaban los ojos. Del Moral la sujetó de las muñecas y en un rápido movimiento la abrazó por detrás; parecía tener experiencia en neutralizarla de ese modo. Sin embargo, no le cerró el pico. Me llamó de todo. ¡Muerto de hambre! ¡Parido por el culo! ¡Indecente! Y también me recriminó: ¿Cómo me atrevía a jugar con la vida de su niña? Alicia era una superdotada, había ganado un premio en la preparatoria, estaba por entrar a una buena universidad, no tenía vicios, todo mundo la quería, menos yo, un don nadie, un investigador de quinta, apestoso y vestido de mamarracho.

Guardé silencio y recogí mentalmente los trozos de mi ego herido. Todo era cierto, menos lo de apestoso.

El teléfono volvió a timbrar. Cogí la bocina, orgulloso de haber hecho bien en colgarla y se la ofrecí a Del Moral. Éste soltó a la fiera que tenía apresada entre los brazos.

—Tú ganas, dulcero —dijo la cachonda voz del secuestrador—. Vas a ir al Vips de Miguel Ángel de Quevedo. Te metes a orinar a un apartado. Coges chingo de papel y envuelves la pasta. ¿Voy bien o me regreso, culero?... Bien tapadito ese dinero, como pinche bebé de pueblo. Sales del apartado y lo echas en el bote de basura que está junto a la puerta. En ningún otro. ¿Oíste? Si te equivocas, no me va a dar risa como si fuera película de Cantinflas ni te voy a dar más tiempo para juntarlo. ¿Entendiste?

—No me has dicho la hora.

—A las diez, y no te hagas el amable conmigo. Diez en punto o tu hija baila con el diablo cachondo una puta guaracha.

—¿Diez de la noche?

—¿Ya empezamos con mamadas? ¡Ni modo que del año entrante! ¡Ponte las pilas, cabrón! La vida de tu hija está en tus manos. Y apúrate porque un cuate mío la está mirando con calor...

17

—¡Eso no! Te suplico que…

—¡Shta! No lo olvides, el dinero al bote.

—¿Y el video?

—Después vemos.

—Ningún después. —Del Moral se puso firme—. El video tendrá que estar en el bote o no dejaré ahí los setenta mil.

Del Moral colgó de zape la bocina.

Parecía orgulloso de su acción hasta que se dio cuenta que su mujer y yo lo mirábamos sorprendidos.

—¿Qué hiciste, idiota? —inquirió ella.

—Sí, ¿qué hizo? —apostillé.

Del Moral se llevó las manos a la cara, horrorizado.

Por suerte, el teléfono timbró y yo sentí que mis huevos volvían a estar en su lugar; los había sentido en la garganta.

—La tercera vez que me cuelgues le doy cañón a la niña de tus ojos.

—Te estoy dando setenta mil pesos, así que sigues teniendo el control de la situación. Sólo no le hagan daño a Alicia, por favor…

Esta vez el secuestrador colgó.

Del Moral y su mujer se desplomaron. Lloraron a dos voces, barítono y soprano aguda; él era la soprano. Yayo bajó perfumadito. Parecía muñeco de pastel, ropita estrecha. No sé inmutó al ver a la pareja, deshechos. No tenía corazón. Yo tampoco, así que aproveché para abrir una vitrina donde había una botella de mezcal El Bravío y servirme un trago en un vasito impropio para ese tipo de bebidas, pero que estaba muy a la mano.

El mezcal nunca ha sido mi bebida predilecta, su sabor es una blasfemia y eso del gusano muerto no es más que fanfarronada para impresionar a los turistas. Si me lo preguntan, recomiendo el tequila.

Volviendo al punto, las cosas marchaban sobre ruedas; según yo el secuestrador había movido la pieza equivocada y yo estaría listo para cobrarle la factura.

—Voy a comprar un libro que me encargó Patricia —dijo Yayo. Y se marchó a la calle.

—¿Por qué Yayo se mantiene a raya? —pregunté a la pareja.

—Mi hermano tiene sus problemas.

—Cuéntemelos.

—Son cosas personales.

—Aquí ya no hay nada personal, señora.

—No encuentra su vocación.

—¿Pues que edad tiene el nene?

—Veintinueve.

—¿Y todavía no encuentra de qué va la vida?

—Hay razones. Fue enfermizo de pequeño, es bueno para muchas cosas, pero se desilusiona fácilmente. Ya se lo dije, tiene sus preocupaciones.

—¿Algo qué ver con esa Patricia?

—No. Ella es una amiga nueva. Yayo siempre está dispuesto a ayudar al que lo necesite.

—Menos a ustedes y a su sobrina.

—Eso no es justo —le defendió su hermana—, él no puede hacer nada por mi hija.

—¿Qué relación llevaba Yayo con Alicia?

—Él tiene veintinueve y ella diecisiete, así que no hay mucho en común.

—Hábleme más del tío Yayo. —Saqué la silla y me senté frente a la pareja, en realidad, quería algún pretexto para beberme el mezcal; a lo mejor ya me estaba gustando hacer que el gusano flotara en la botella.

—¿Podemos descansar un rato antes de ir al Vips? —bostezó Del Moral.

—¿Te sientes bien, chiquito?

Odié que su mujer lo llamara así, sonaba cursi. Además el

compadre que me había conectado con los Del Moral, Flavio Castaño, me confesó que se había tirado un par de veces a su comadrita.

—Sí, dulcito —respondió Mariano del Moral—, estoy cansado…

A él lo odié aún más. Ella no lo respetaba y el idiota la trataba como a un bombón de su fábrica de dulces.

—Tienes que dormir, Mariano, necesitarás estar alerta.

—Nada de dormir —interrumpí los arrumacos—. Hablemos de Yayo. ¿Qué más pueden decirme de él?

—¿Por qué tanta pregunta acerca de mi hermano? No pensará que él…

—No pienso nada, señora, necesito unir piezas, así que por favor, cooperación.

—Mi hermano tuvo una infancia muy especial…

¿Adónde había oído ya esa mamada? Me crucé de brazos y escuché, poniendo el ceño fruncido para dar cierta señal de inteligencia, ya que más bien comenzaba a sentirme medio pedo por el trago.

—Mi madre le hervía la ropa para dejarla libre de gérmenes. Y también le desinfectaba las cucharitas de la papilla. A Yayo nunca le faltó el juguete de moda ni las mejores escuelas. Hizo *high school* en California, pero cuando regresó a México dejó la carrera de Derecho a medias.

—¿Por qué razón?

—A mi madre se le acabó el dinero.

—¿Y no pudo trabajar?

—Lo intentó, pero ya estaba vieja.

—No me refería a ella, sino a nuestro *high school*…

Estrella aguantó mi pulla.

—Yayo se deprimió porque lo suyo era el deporte y eso no tiene futuro si no cuentas con un buen padrino. Su vida no era el Derecho, quería ser tenista, corredor de coches, nadador olímpico, y no se sonría, tenía cualidades para todo eso, pero en este país siempre hay fuga de cerebros, sólo llegan los ricos...

Hizo una pausa cargada de amargura y añadió:

—Murió mi madre. Yayo se derrumbó.

—Me lo imagino. ¿Hay alguna razón especial por la que Yayo fuera tan mimado?

La mujer y Del Moral se miraron cómplices.

—Díselo todo, Estrella.

—Somos espiritas...

—¿Cómo dice?

—Espirita significa comunicarse con los muertos —explicó Del Moral al ver mi cara de no entender un carajo.

—Sé lo que significa, pero no entiendo qué relación hay entre lo espirita, hervir la ropa y estudiar en California.

—Vamos por partes. —Estrella me miró como si mis neuronas fueran tres y una comenzara a titilar antes de apagarse—. Mi madre hizo contacto con su padre muerto; él le dijo que iba a reencarnar como hijo de ella.

—A ver si entiendo... ¿Su madre hizo qué?

—Si no cree en esas cosas...

—Intente explicarme, por favor, soy un poco lento, pero le aseguro que el cerebro me funciona como coche nuevo. —Me serví otro trago, pensando en mi hipotético Tsuru Nissan color plata.

—Para acabar pronto —intervino Del Moral—, el abuelo de mi mujer reencarnó en Yayo, es el mismo espíritu pero en un cuerpo nuevo. No se asombre: en la India es lo más normal creer en eso.

«Pero estamos en México aunque seamos medio indios y a toda honra», pensé. E hice una mueca de burla que debió encabronar a Estrella porque, en ese momento, apartó la botella lejos de mí.

—Señora, no quiero parecer grosero. —Recuperé la botella—. Acepto que estas cosas me inquietan y tal vez por eso sonrío, por temor a lo desconocido. Además —mentí—, cuando niño vi el fantasma de mi abuela, no soy un escéptico perdido.

La mujer me atizó una larga perorata sobre la reencarnación. Habló del karma, de espíritus que pululan como mariposas grises alrededor de las bombillas. Escuché a placer, pues el trago ya me había mareado muy a gusto y una ráfaga de lluvia comenzó a sacudir los ventanales de la sala. El olor a tierra mojada entraba por los resquicios, recordándome mi Tecatitlán, Jalisco.

—Así que esto de la reencarnación se trata de cumplir misiones —aventuré.

—Ya lo ha dicho. Mi abuelo le dijo a mi madre que regresaría a cumplir una misión que dejó pendiente en su anterior vida.

«La de ser marica», pensé.

—¿Qué misión?

—Sólo Yayo la sabe...

—¿Y qué hace Yayo ahora con su vida?

—Practica karate.

—Pues tal vez ésa sea su misión —me permití la ligereza—. Traer un par de medallas de oro para México, que tanta falta nos hacen.

—Se le pasó la edad. Además, tuvo una lesión irreversible. ¿No lo nota cojear levemente?

«Noto que se le cae mano», volví a pensar.

—Don Nemesio, el abuelo de mi mujer, fue coronel en la revolución, al lado de Venustiano Carranza...

—No nos vayamos tan atrás. Aún no me queda claro por qué Yayo no parece preocupado por el secuestro de su sobrina.

—Cómo quiere que se lo diga, él no puede hacer nada. Mírese usted, aquí hablando de mi hermano en vez de ponerse a trabajar...

Empiné otro chorro del mezcal. El gusano se atascó en la boquilla de la botella. Miré a Estrella fijamente y me pregunté si de verdad ella creería todo ese asunto de la reencarnación o si se lo habían impuesto a carajazos cuando era niña.

Del Moral, cabeceaba a punto de caer en los brazos de Morfeo. Consideré que no era mala idea descansar antes de encontrarnos con los secuestradores. Me puse en pie. El mezcal me había pegado duro. Di un leve traspié. Eso tiene la bebida corriente. Es como patada de mula. En cambio, un buen trago embriaga despacito, dulcemente, como el acelerador de un coche recién salido de la agencia…

—Éste es el siguiente paso —dije—. La señora se queda en casa, usted, Mariano, va al Vips, yo estaré en una mesa cerca de los baños, observando cómo se desenvuelven los acontecimientos. Por ningún motivo se acerque a mí. Usted a lo suyo. ¿Le queda claro?

—¿Y qué es lo mío? —preguntó Del Moral.

—Llevar los setenta mil y ponerlos en el bote de basura tal y como se lo ordenó el fulano. Luego se va del restaurante. Nos veremos aquí más tarde.

—¿Está loco o nomás pendejo? —saltó Estrella—. ¿Cree que vamos a dejar setenta mil pesos en un bote de basura así nomás?

—¿Y qué espera, señora? ¿Que le den un recibo fiscal?

—Nos darán el video —apostilló Del Moral.

—En efecto —secundé.

La mujer se rascó su mata de pelo grueso, sacándole el mismo ruido que a una tela de plástico barato.

—Hagan lo que digo, sé que tengo la razón.

—¿En qué se basa?

—En mi intuición.

—Más le vale —dijo Estrella—. Si juega con la vida de mi hija, lo mato.

—Me parece un trato justo.

No dije más. Cogí mi saco y me largué a la calle.

Υ

Cualquiera que me hubiera visto frente al escaparate habría dicho este tipo es un iluso. Cierto. Soñaba. Pero no con un deportivo escarlata, automático, incontables caballos de fuerza, bolsas de aire para cada asiento, portavasos junto a la palanca de velocidades, frenos ABS, sonido cuadrafónico que te cagas, cajuela donde podrías tirarte a dos fulanas juntas y luego echar la siesta estiradito. Nada de eso; mi sueño, no me cansaré de repetirlo, era ese Tsuru Nissan color plata que estaba frente a mis ojos y al que yo miraba de la misma forma en que una muchacha casta y provinciana mira un vestido de novia en un escaparate.

Entré a la agencia y me acerqué a Aniceto Pensado.

—Ahorita estoy con usted, señor Baleares —me atajó antes de yo abrir la boca.

El sujeto iba de aquí para allá, haciéndose el importante, de moditos muy dinámicos según él, trajecillo gris chicle, corbata que de tantos colores parecía un pirulí. Pero, en realidad, sólo sacaba fotocopias y regañaba a una de sus compañeras por no sé qué error en una factura.

—Ahora sí, señor Baleares, venga y siéntese. —Me ofreció una silla en su cubículo de paredes de vidrio—. ¿Listo para dar el anticipo? ¿Se queda con el Tsuru o se atreve con un modelo más competitivo? Éste por ejemplo —me enseñó un folleto vistoso—; un todoterreno, tiene muy buenas prestaciones y un motor alegre.

Me jodía que me hablara de coches como si fueran personas.

—Tsuru color plata, eso es todo —sentencié, cogí un dulce de una pecera y me lo guardé en la boca.

El tipo sonrió haciéndome sentir estúpido por expresar mis sentimientos. Quizá lo parecía aún más por el dulce abultándome el cachete.

—¿Trajo la documentación que le pedí? ¿Cuenta de banco, último recibo de cobro, recibo domiciliario?

—Todavía no tengo el dinero.

Al tipo se le deshizo la sonrisa.

—Pero el martes lo tendré —corregí—, peso sobre peso, puede estar seguro.

—Pues entonces venga el martes —dijo secamente y se puso de pie.

—¿Subirá el anticipo?

Negó con la cabeza.

—¿Hay algún problema si vuelvo a revisar el coche?

Negó de nuevo, pero ahora miraba los papeles que había sobre su escritorio, puro pretexto para echarme, me había vuelto el hombre invisible.

Fui a tomar el lugar que me correspondía, tras el volante del Tsuru. Acaricié el tablero. Vil plástico. ¿Qué importaba? La textura de su línea curva terminaba en la carátula impecable del velocímetro. Ojalá, pensé, que el coche que me toque en suerte sea igual a éste, pues a veces cambiaban los detalles. Toqué los asientos. Eran lo que los expertos llaman, ergodinámicos, hechos para no joder la columna vertebral. Giré el volante a uno y otro lado y me imaginé conduciendo por una carretera de las que salen en los anuncios de televisión, sin luz de sol, pero tampoco oscuridad, más bien enmarcada por una tarde diáfana donde gruesos pinos acompañan la perfecta línea blanca del asfalto.

A cierta distancia, Aniceto Pensado y su compañera culogordo me veían risueños. Al infierno con los dos, seguí soñando un par de minutos más antes de salir de ahí.

—Recuerde —le advertí al vendedor—. ¡Color plata!

—¡Color plata, señor Baleares! —respondió él, burlonamente.

Subí a mi Datsun 75, color «fue rojo». Habría yo ganado buena pasta retando a quién adivinara de dónde provenían tantos rechinidos ocultos. El cochecito era feo como hocico de tigre sin dientes, tenía la defensa amarrada con un lazo. Siempre que lo conducía por carriles de alta velocidad, me

25

veía obligado a ceder el paso a otros coches. Pobre carcacha, a duras penas levantaba los sesenta kilómetros por hora, pero como hijo enclenque que trata de ganarse el cariño de su padre, daba tironcitos conmovedores. A pesar de todo, esa tarde tuve la certeza de que lo echaría de menos si lograba venderlo. El dinero no sería mucho, apenas me serviría para darle una capa de teflón protector a mi nuevo coche.

Después de todo, el Datsun había estado conmigo en las buenas y en las malas. Por ejemplo, cuando tuve mujer y también cuando me dejó. Cuando tuve trabajo y cuando lo perdí. ¿Y qué decir de cuando intenté desbarrancarme la carretera de Cuernavaca harto de las presiones en la Policía Judicial? ¿O aquella ocasión en que me remolcó una grúa lejos de un atasco y pasé la noche en el asiento trasero porque ya no funcionó el motor? Ah, y una ocasión inolvidable, cuando me tiré a Benita Campomanes, una secretaria de la Judicial que rompió el tablero del coche a taconazos y con la que estuve a punto de formalizar hasta que nuestra relación se truncó por puntos de vista diferentes sobre cuántas veces al día se debe uno lavar los dientes.

Crucé la puerta de mi apartamento con una sola idea, meterme en la tina y beber una cuba libre hasta que se acercara la hora de ir al Vips. Fue demasiado pedir. Mi padre me recibió con otro de sus episodios de olvido. Estaba parado encima del sofá, orinando dentro de la pecera de cincuenta litros. Los pobres peces, cíclidos e inofensivos, escapaban del chorro despiadado que los hundía groseramente al fondo de la pecera.

No pude hacer otra cosa que permitir que el viejo terminara su asunto, pues llevarle la contra era bronca segura.

Cuando terminó de orinar, saqué una cubeta de agua sucia a la pecera, eché otra limpia y unas gotas de azul de metileno y de anticloro. Eso fue todo.

—Tengo hambre —reclamó el viejo con su típica voz cascada y gruesa.

—¿Qué trajo hoy Lupe para que comamos?

—¿Quién es Lupe? —preguntó.

No le respondí que Lupe llevaba catorce años trabajando para nosotros, no servía de nada.

En la cocina encontré lo de siempre, un guiso en chile morita. Lupe decía que ese tipo de chile mataba el cáncer. La verdad es que su madre tenía un restaurancito en la Morelos y todo lo que sobraba o estaba por echarse a perder lo volvía a guisar y nos lo enviaba, disfrazando de picante cualquier sabor sospechoso.

Regresé al comedor, el viejo se estaba lavando las manos en el agua de la pecera. Le di un trapo y cuando intentó amarrárselo en la cabeza se lo quité sin aspavientos.

Eso sí, la mesa estaba muy bien montada; ésa había sido la única actividad coherente del viejo en todo el día aparte de dormir y de asomarse a la ventana desde donde se miraba la vinatería La Gallega Alegre y la tintorería La Flor de Puebla frente al edificio.

Comimos en silencio hasta que el viejo me miró ido; había olvidado cómo masticar, ofrecí darle de comer en la boca.

—¿Tú quién eres, hijo de puta? —gruñó, somnoliento.

—Tienes que comer o no irás al juego —le advertí.

Su padre lo llevaba los domingos al béisbol, en el estadio del Seguro Social.

La expresión del viejo se tornó infantil, comenzó a comer rápido y alegre. Para mi mala suerte, cuando terminó, quiso que buscáramos juntos su manopla de los Diablos Rojos y el *bat* que le firmó Valenzuela cuando fuimos a verlo jugar en un viaje al estadio de Los Ángeles.

—¿Por qué no te duermes un rato, hijo? —le propuse.

De pronto, me había convertido en su padre, es decir, en

mi propio abuelo, igual que en el caso de Yayo, sólo que no al estilo espirita, sino al estilo alzheimer.

—¡Gil! —De súbito recordó quién era yo—. ¿Por qué no estás en el trabajo? ¡Te van a echar!

—Vengo de ahí —le tranquilicé.

—Entonces es hora de comer. ¿Qué estamos esperando?

Fue a la cocina. Le escuché revolver cajones. Yo sabía que estaba avergonzado porque no encontraba el guiso o porque, de pronto, se daba cuenta de que ya lo habíamos comido. Trajo dos vasos con leche que me parecieron puro pretexto:

—¿Quieres que les pongamos ron? —preguntó.

—Buena idea.

Fue al trinchador, sacó la botella de Bacardi y la empinó sobre los vasos con buen estilo de barman. Desde hacía tiempo, sus borracheras eran sólo de ron con leche, pero eso sí, nunca había dejado de empinar el codo.

—¿En qué caso estás ahora?

—Secuestraron a la hija de un señor que tiene una fábrica de dulces.

—¿Ya tienes pistas?

—Al rato va a ser el contacto.

—¿Cuánto piden?

—Cuatrocientos mil.

—¡Coño! Con ese dinero compraríamos este apartamento. ¿Cuánto les pediste tú?

—Cuarenta mil —mentí.

—Te quedaste corto. Otros cuatrocientos mil habrían sido lo justo.

—No son ricos.

—Los dulces tienen adictivos, se venden por montones, ésos están hinchados de dinero, te lo aseguro; y tú pidiéndoles una bicoca.

El viejo cogió los platos y los llevó a la cocina para lavarlos.

Lo escuché contar alguna de sus anécdotas de cuando trabajó en la Policía Federal de Caminos. No le presté atención. Cualquier anécdota suya tenía el mismo tema, los años maravillosos de su juventud; los setenta, época de los jefecillos esperando su tajada, de los drogos *hippies* que daban cuota por llevar marihuana en las carreteras norteñas del país; tiempos de ingenuidad, aseguraba el viejo, nada de grandes carteles de la coca ni de no vivir para contarla. Había algunos que tomaban pastillas psicodélicas para montarse en la rabadilla de la Luna, otros que querían cambiar el mundo y se metían en broncas contra el gobierno. A todos ésos, ilusos o cabrones, mi viejo los jodió. Quizá debería contar esto avergonzado; mi padre fue lo que en el argot se llama *tira, judas,* un represor durante los gobiernos de los presidentes Ordaz y Echeverría, pero también debo decir que salvó gente; al menos eso contaba el tío Graciano, otro *judas* (fallecido de cirrosis en el setenta y nueve). El tío decía que su hermano ayudó a escapar a varios muchachos del Campo Militar, no por compartir ideología, que eso quede claro, sino porque el viejo solía decir que la juventud siempre merece otra oportunidad de salvarse del Comunismo Internacional.

El viejo decía sobre aquellos tiempos que fueron de amor y paz. No estoy seguro de eso, yo recuerdo que un tipo me tumbó los dientes frontales mientras me mostraba el estilo Bruce Lee de usar los chacos. Eso fue mi amor y paz.

A veces recordaba, nostálgico, el par de viajes que hice con el viejo a Tecatitlán de donde tal vez nunca debimos salir. Ahí estaban mis tías siempre cariñosas, su comida buena, la gente provinciana y tosca, pero sincera, sin recovecos como los defeños.

—¿Cuánto dices que pediste? —preguntó el viejo desde la cocina.

—¡Ciento veinte mil! —elevé la cifra.

—Hazme un favor —dijo subiendo el tono—, no le digas

a nadie de quién eres hijo. ¡La puta hora en que renunciaste a la corporación para andar de muerto de hambre!

Salió de la cocina y se metió a su habitación.

Miré la pecera, uno de los cíclidos había muerto por los orines letales.

—¡Ven acá! —me llamó el viejo—. ¡Encontré el *bat*!

Me tendía una trampa, eso por seguro, me esperaba detrás de la puerta para saltarme encima y darme una tunda de la que luego se arrepentiría o fingiría olvido, pues no todo lo olvidaba realmente. Así que me limité a esperar a que un ataque de olvido le acallara su eterna decepción; su hijo no tenía las agallas del legendario Ángel *Perro* Baleares.

No podía ver las manecillas del reloj: se le había metido agua a la carátula. Lo pegué a mi oreja y sólo por el leve tic tac supe que no se había estropeado.

Según el otro reloj, el de la pared, faltaba media hora para las diez de la noche. El Vips de Miguel Ángel de Quevedo estaba del otro lado de la ciudad y me tomaría a lo menos tres cuartos de hora llegar allá, así que casi seguro llegaría tarde. Salí a toda prisa del baño.

Papá había vuelto a la cocina, estaba dormido de pie como un viejo faro, las manos jabonosas, los trastes sucios y el agua tirándose del grifo.

Le desperté, moviéndole un poco.

—¿Por qué no te vas a dormir?

—¿Ya compraste los boletos a Tecatitlán?

—Ve a tu cuarto mientras los compro, ¿*okay*?

—¿A qué hora empieza la pelea de box?

Era inútil explicarle que hacía años que no daban peleas de box por televisión como cada sábado.

—A las diez —le dije—. Así que ve encendiendo la tele.

—¿Quién pelea ahora?

—El Púas Olivares.

—¡Buen chico! El Púas va a ser campeón del mundo, óyeme lo que te digo, Gil, tengo esa corazonada, ésa y que el hombre llegará a la Luna un día.

Ésa era la ventaja de su enfermedad, que podía dárselas de clarividente y darle al clavo.

—Oye, Gil, habló esa mujer. ¿Cómo se llama? La que fue tu esposa y te dejó en bancarrota…

—Ana.

—Me dijo que necesitaba verte.

—¿Para qué?

—¿Para qué, qué cosa?

—¿Para qué quiere verme Ana?

—¿Quién es Ana?


Ya no se puede salir a la calle sin tener un rosario en la cartera y una pistola para darnos de tiros con algún cabrón ratero. Pero si tuviéramos escrita en la frente la frase «no te olvides de lo obvio», tendríamos un poco más de suerte. Aquí van algunas advertencias obvias. No conducir con la ventanilla abajo. No caminar por lugares solitarios. No sacar dinero en un mismo cajero electrónico más de dos veces. Y la más elemental de todas: largarte de la ciudad en cuanto puedas. ¿Adónde? Lejos. Muy lejos, como si Clint Eastwood te hubiera dicho tú y yo no cabemos juntos en este pueblo.

Me vi a vuelta de rueda por la avenida Universidad. Arteroesclerosis urbana. Los microbuses paraban sin orillarse, provocando que detrás se hicieran colas de coches. Fantaseaba convertirme en uno de esos héroes vengadores del cine de acción. Coger una escopeta y reventar a los hijos de puta maleducados. ¿Qué decir de la música en todas partes? ¿Alguna vez te han preguntado si quieres escucharla? Odio la música, la buena como una sinfonía y la mala de esos cantantes cur-

sis que confunden el amor con las ganas de cagar, la voz de
Plácido Domingo y la de los gangosos norteños que le cantan
a los narcos, las detesto por igual, quisiera que todo músico
fuera condenado a hacer trabajos forzados, en especial, los ar-
tistillas de moda que además de dárselas de polifacéticos dan
dinero para los maratones de los pobres como si la limosna
fuera la justicia social que necesitan.

La carátula del reloj seguía opaca. No tuve forma de medir el tiempo. Sólo me quedaba fiarme de mi intuición. Ésta
me decía que llevaba mucho tiempo atascado en una vía de
dos cruces, donde el semáforo sólo te da tres segundos para
moverte un poco. Llegaría tarde al Vips. El secuestrador, Del
Moral, todos juntos éramos víctimas de un secuestrador invisible: el caos vial.

De golpe, se despejó la avenida. Incluso los ruidos se esfu-
maron. Así pasaba siempre. Uno nunca sabía cómo ni en qué
momento los coches desaparecían. Mi hipótesis es que, de vez
en cuando, se abren grietas en el asfalto y todo vehículo es
devorado por las entrañas de la tierra. Es la única forma de
explicar por qué seguimos cabiendo en la ciudad. Los políti-
cos lo saben, pero no lo dicen para evitar el pánico colectivo;
saben que debajo del pavimento hay un infierno devorador
de ciudadanos. Sólo los ricos están a salvo. Cuando están a
punto de caer, a sus automóviles les salen resortes de hierro
que los impulsan lejos, hasta sus casas de la periferia o hasta
las azoteas donde se montan en sus helicópteros para irse a
jugar el dinero que robaron a Las Vegas o a hospedarse con
tres putas de lujo cerca de la torre Eiffel.

Llegué a cuando el reloj en la pared escupía las diez y
quince de la noche. Tal vez Alicia del Moral ya tenía un tiro
en la cabeza. Yo sería el responsable.

Mantuve la calma, fui a la sección de revistas, compré un
*magazine* de interés científico y fui a sentarme a una mesa
cerca de los aseos. Miré en todas direcciones; descubrí a Del

Moral en la barra, me miraba con su típico rencor ratuno. Se puso de pie, traía un bulto en la ropa, supuse que eran los setenta mil pesos, pasó a mi lado, echándome sus malas vibras. Se dirigió a los aseos.

Hojeé el *magazine*. ¿Se encontrará una cura para el cáncer? ¿Podremos escapar a otro planeta cuando la capa de ozono se destruya? ¿Clonar o perecer? Drogas de diseño: ¿sofisticación de una sociedad enferma?

—¿Café? —me preguntó la mesera ya sirviéndomelo—. La promoción del mes incluye pastel por veintinueve pesos.

—Soy diabético.

Debió tomarlo a broma porque me sonrió.

—Lo digo en serio, soy diabético.

—Para eso existe la sacarina. —Me guiñó un ojo.

A buena hora tenía mis encantos, tuve que cortarla porque su figurita rechoncha me obstruía los baños.

—Deme la promoción y pastel del que no engorda.

—*Light* —aclaró con voz delgadita y se alejó meneando su lindo traserito respingón.

Volví a mi revista. Había un artículo sobre una cámara que retrata el aura de las gentes, kirlian o algo así. Miré dos fotos, la de un asesino en serie cuya aura sobre su cabeza era de un color sanguinolento y la de un santón de la India, limpia como el amor de Cristo, aunque, a decir verdad, el asesino tenía cara de santón y el santón de asesino.

Del Moral salió del baño. Me vio igual que antes, rencoroso, pero levemente esperanzado. Se fue de la cafetería tal y como le había ordenado, sin rechistar ni hablar conmigo.

Puse la revista bocabajo sobre la mesa, abierta en el artículo sobre el aura y me dirigí a los aseos. La puerta del baño de hombres estaba bloqueada por un letrero de CUIDADO, PISO MOJADO. No tuve que esperar, un mozo salió del baño, cogió el letrero del suelo y lo llevó frente a la puerta del baño de mujeres.

Le eché una mirada rápida al mozo, un muchacho flacucho de tez enfermiza, no parecía traer un bulto de dinero bajo su ropa de mala calidad. Entré al baño de hombres. Me lavé las manos mirando el bote de basura.

Oí que alguien estaba por entrar y me escondí deprisa en uno de los apartados.

Mi chorro de orina no era tan potente como el de mi padre, no hacía ruido. Tiré papel del contenedor, incluso me soné la nariz y tosí como tísico. No quería dar la impresión de estar agazapado.

Oí el ruido de la tapa del bote de basura, abatiéndose afuera. Era el momento de salir. Lo hice a sangre fría. Un tipo abandonaba el baño; era bajo, rechoncho y apestaba a loción de la que venden a la salida del Metro. Fui detrás de él.

Lo seguí a lo largo del restaurante con mis ojos de santón clavados en su aura negra de asesino. El tipo cojeaba y su espalda corpulenta parecía ser demasiado peso sobre su pierna tiesa. No había forma de que se librara de mí, pero... vénganos tu reino, resbalé sobre el piso mojado. El carajazo que me di hizo voltear a medio mundo, menos al tipo que siguió de largo y salió tranquilamente.

Nadie me ayudó a ponerme de pie, pero las miradas siguieron sobre mí.

Salí un segundo a la calle, no había nadie alrededor. Regresé al baño del restaurante y abrí el bote de basura. Los setenta mil machacantes habían volado. Metí la mano hasta el fondo del bote y lo único que traje conmigo fue un papel mocoso y un palo de dulce pegajoso.

Diré algo a mi favor. Estas cosas pasan. Lanzas la red al mar, coges cuatro peces, vuelves a lanzarla seguro de que mereces algo más. Esta vez agarras cinco, pero te parecen pocos. Una vez más. Sacas la red vacía, pero no te vas, no te rindes porque sabes que en el fondo del jodido océano sigue habiendo peces y que Dios puso algunos cuantos para ti y hasta para los mancos o los retrasados mentales.

Regresé a la mesa. Ahí estaba mi taza de café y un trozo delgadito de pastel *light*. La revista se había esfumado.

Salí del Vips. Antes había entrado tan rápido que ahora no supe dónde dejé el coche. Recorrí un par de veces los mismos sitios, las mismas filas. Agradecí no tener el Tsuru color plata porque descubrí al menos cinco coches del mismo color. En cambio, no podía haber más que un sólo Datsun jodido con un letrero en la ventanilla de ME VENDEN.

Cuando por fin lo encontré, el corazón me dio de vuelcos como a un padre que recupera al hijo en el supermercado, pero la alegría me duró lo mismo que el asombro. Nada. Dos tipos aparecieron, uno con una fusca recargada en mi cabeza y el otro dándome un codazo en las costillas para que me diera prisa en abrir el coche. Me hicieron entrar. Yo en medio de ambos, casi sentado en el freno de mano.

Eran dos tipos que tenían a su favor la, oh, divina juventud, y que parecían colocados de coca o algo más chisposo. No les gustó que los mirara, me dieron un par de golpes en la boca, uno con la frente, el otro con una mano abierta.

—Adivina quiénes somos —cantaleó el de la derecha.

—Adivina —repitió el otro, picándome las costillas con el arma, una 45.

—El Gordo y El Flaco —respondí, pero el chiste no venía a cuento, pues los dos eran flacos, pero correosos.

Uno me cogió por la cabeza y se la llevó a los huevos, tallándose a gusto, el otro me golpeó las costillas, no supe con qué, pero supongo que con el arma, pues mis costillas tronaron con la facilidad de las galletas María. Después, el tallador, me cogió por los pelos de la nuca y estrelló mi cabeza contra el tablero del coche. El tablero se desajustó y los dos cabrones se echaron a reír de mi carcacha.

—¿Cuánto te van a pagar por lo de la pinche chamaca?

Me asombró que lo supieran.

—No pongas esa cara de culo fruncido. ¿Cuánto?

—Veinte mil —confesé.

—No jodas.

—Es la verdad.

Los tipos se miraron, incrédulos.

—Digo la verdad, en el bolsillo tengo un cheque sin fondos por diez mil. No podré cobrarlo hasta que Alicia esté en su casa.

El tipo sacó el cheque de mi bolsillo y se lo mostró al de la pistola. Parecían decepcionados.

—¿Le damos ley garrote? —preguntó el que sostenía la pistola.

—Mejor después... cuando andemos más urgidos. Está repinche feo...

Volvieron a reír. De pronto, el tipo me golpeó con la pistola en la cabeza. El otro me sacó la cartera del bolsillo, encontró un billete de cincuenta pesos, se lo guardó y tiró la cartera vacía y el cheque al asiento posterior.

Bajaron del coche, el de la pistola se acercó a la ventanilla:

—Me debes un favor, putita —agregó y se señaló la bragueta.

Los dos tipos se fueron. Cogí el espejo y lo apunté a mi cara. No vi nada hasta que un coche alumbró brevemente el interior del coche. Tenía la nariz rota, intenté bajar a tomar aire fresco, pero el dolor de costillas no me permitió moverme en un buen rato. Miré por el espejo retrovisor. Los tipos se alejaban sin prisa. No me quedó la menor duda de que eran policías o protegidos por ellos; eran de esos que cuando las cosas salen mal sirven de chivos expiatorios y aparecen en las fotos de los diarios vespertinos con un tiro en la nuca o acusados de formar parte de una banda «desmantelada» de asaltantes. Sabían que su existencia era efímera, así que jodían a medio mundo, azuzando por ahí a la gente y gastándose la plata en putas de banqueta y grapas de coca. Sin embargo, el estar al tanto del crimen organizado los hacía peligrosos.

Me coloqué un par de tapones de papel en la nariz para detener la sangre. Mi cartera estaba vacía, pero el cheque que me dio Mariano del Moral estaba intacto. Le di un beso y lo guardé de nuevo al lado de mi corazón.

Ana vivía en un barrio de casas y edificios viejos de los años cuarenta con sabor bohemio, la colonia Condesa, pero su edificio no era más que una vecindad donde robustas ratas nalgonas se paseaban por las bardas de las azoteas y el zaguán apestaba a cañería. Justo lo que necesitaba cuando caminé por el pasillo, ese olor que me picó la nariz, haciéndome estornudar con fuerza dolorosa. Comencé a sangrar de nuevo, me detuve a sacudirme la nariz y a tirar las gotas de sangre. La cara se me estaba hinchando.

Llamé a la puerta.

Ana abrió, no me reconoció e intentó cerrar deprisa.

—Mi padre me dijo que querías verme…

Al oír mi voz saliendo de mi cara de monstruo, se hizo a un lado. Descubrí a la hija, dormida en el sillón. Hay que precisar algo. La llamaba la hija porque no sabía si era mía. Pero cuidado, no se me clasifique como machista por dudar, fue Ana la que un día me dijo que la hija no era mía, aunque después se retractara y después volviera a decir que no y luego que sí y no y sí…

Fui a sentarme donde consideré que había menos luz y mi cara no le provocaría compasión o asco.

—¿Quieres café?

—No, gracias. Qué grande está ya —opiné, mirando a la hija bien estirada en el sofá.

—Se va pareciendo a ti…

—¿Para qué me llamaste?

—Ferni tiene cáncer —soltó de golpe.

Se refería a su nuevo amor. Un tipo que conocimos en

terapia de grupo cuando intentamos no llegar al divorcio.

No supe qué decir. La revista científica cruzó por mi cabeza y espeté.

—¿Qué clase de cáncer tiene? Tal vez sea curable.

—De próstata.

—Ya se chingó.

Los ojitos de Ana se nublaron.

Fui a sentarme a su lado, le apreté la mano y estuve a punto de ponérmela en los huevos como cuando jugábamos así, pero no había vuelta atrás ni cabida al sentimentalismo, tuve que conformarme con dejarla desahogarse y poner cara de buen samaritano.

—Ferni dice que se va a matar —concluyó luego de una perorata sobre el cáncer y las tristezas de su nuevo amor.

—Ésa es la primera reacción del enfermo, después lo irá aceptando.

—¿Tú crees? —preguntó esperanzada.

—Te lo digo por experiencia. Cuando nos divorciamos me quería tirar de la torre Latinoamericana, pero después tuve que conformarme.

—¿Ya vas a empezar a hablar de ti?

—¿Tienes hielos y un trapo?

Me los trajo. Hice una compresa sobre mi nariz y la seguí escuchando. Dijo que Ferni le confesó que el cáncer de próstata lo estaba dejando impotente.

—Cuando estamos en la cama… —Ana hizo una pausa misericordiosa—. ¿Te molesta que hable de eso, Gil?

Negué, pero por dentro me estaba llevando el carajo, y el dolor de nariz y de costillas empeoraba las cosas.

—Cuando estamos juntos, se detiene.

—¿Qué quieres decir con que se detiene?

—Que me ve ansiosa y se detiene.

Me dolió oírla decir eso de que ella estaba ansiosa.

—Quiero pedirte un favor, Gil.

—El que quieras —le respondí, pensando que tal vez me quería de suplente de su nuevo amor.

La verdad es que mi ex me seguía poniendo cachondo. Tenía un cuerpo hecho a cincel y una cara de intelectual morbosa que me embrutecía.

—Habla con Ferni, Gil, invítalo a tomar un café, haz que se abra contigo, luego me cuentas lo que le está pasando.

—Yo no sé nada del cáncer de próstata, no sabría qué decirle.

—Gil... Te lo suplico. Son hombres.

—¿Y eso qué?

—Cosas de hombres, ya sabes, le será fácil hablar de todo eso.

—¿Acaso una mujer se desabotona la blusa para decirle a otra, mira, tengo cáncer en una chichi?

Su cara dibujó esa mueca de cuando le repugnaban mis malos chistes.

¿Y cómo podía negarme ante esos ojos que se hacían dulces y brillantes? Se acercó a darme un besito inocente. Después, como cualquier cosa, me preguntó por mí. La pregunta era puro formulismo, pero aun así le hice la confesión más sensible de mi vida:

—Voy a comprarme un Tsuru color plata.

—Ya era hora de que te deshicieras de esa carcacha vieja. Todavía recuerdo cuando le amarraste botes a la defensa para que sonaran por las calles cuando salimos recién casados de la iglesia, me quería morir de vergüenza.

Gancho al hígado. Me dieron ganas de decirle lo mismo de Ferni, que debería deshacerse de él.

—Si no te importa, un día vengo por la hija y la llevo a pasear en coche nuevo.

—Claro, Gil, sabes que ella te quiere como si fueras su padre —espetó y enseguida la compuso—, porque eso eres, su padre.

39

—Hablando de padres, tengo que irme, el mío está solo.

—¿Cómo sigue?

—Cada vez peor, pero no hay problema, se lo pasa mejor que antes. Ahora sólo está pendiente de acordarse de unas cuantas cosas que no existen; las peleas de box, la lucha libre en la Coliseo, la temporada de trompos, las carreras de caballo en La Condesa e ir a jugar béisbol al parque del Seguro Social.

—Pobre Ángel…

—No lo compadezcas, llevó la vida que le dio la gana.

—Una enfermedad así no se la deseo ni a mi peor enemigo.

Ni yo el cáncer de próstata, estuve a punto de decirle. En cambio le di un beso en la frente. Otro a la hija que al sentirlo se volteó contra el respaldo del sofá. Me largué no sin antes prometer a Ana que buscaría al jodido de Ferni para darle terapia de hombre a hombre.

Fui a una farmacia 24 horas, donde polis y drogos solíamos parar de plano a comprar morfina. El anciano, que tenía mocos amarillos en los ojos, detrás del otro lado de la cortinita, no quería vendérmela, pero le mostré mi vieja credencial de poli y le hablé de Max, el judicial neurasténico que me llevó ahí por primera vez.

El viejo cerró la cortinita y en unos minutos regresó.

—Está vencida —me dijo, devolviéndome la credencial—. Aquí está la medicina, y por cierto, Max es un hijo de puta que una noche intentó incendiarme la farmacia y se burló de la enfermedad que tengo en los ojos; si lo ve, dígale que estoy armado y le reventaré las nalgas a balazos.

—Se lo diré.

El cabrón vejete me cobró el triple por la dulcinea.

Y

Cuando abrí la puerta pensé en volver a mi tratamiento de cubas libres en baño de tina. Si algo amaba en la vida, era esa tina antigua con patas arqueadas y grifos que habían sido de color dorado, además de los mosaicos ya opacos, pero que debieron ser puestos por gente de buen gusto y en tiempos de bonanza.

Mi padre me esperaba. Se había seguido de largo con los rones con leche y daba traspiés en la sala. Corrí a detenerlo, estaba a punto de meterse un cabronazo contra la pecera.

—Te han estado hablando por teléfono, Gil.

Había pegotes de papel por todas partes, en el teléfono, en las paredes, en una silla, en el palo de la escoba. Ésa había sido la forma del viejo de luchar contra el olvido. Todos los pegotes decían lo mismo: Del Moral. Comunicarse pronto. Teléfono tal y cual. Urgente.

Pobre diablo de Mariano del Moral, le habían birlado setenta mil pesos. Sonreí de mala leche y me dolieron las costillas. No creo que le hubiera consolado si le digo, mire, a mí me dejaron seca la cartera, y yo no tengo una fábrica de dulces de donde ganar plata para sobrevivir el mes entrante. Es más, sólo cuento con los ochocientos treinta y cinco pesos que mi padre cobra de su pensión de retiro. Sí, vivo de un viejo que se está quedando sin memoria.

Me quité la camisa. Tenía un moretón del tamaño de un feto aplastado en el costado izquierdo.

El contacto del agua tibia me puso sentimental. Quería dormir de ladito y olvidarme de la vida adulta. Papá fue amable y me trajo mi cuba libre en el vaso que me gustaba. Largo y angosto. Me piqué la morfina y enseguida comencé a sentirme flotando en nubes de vapor. Pensé en mi madre; tenía pocas fotos de ella. La mejor era aquélla donde un perrito que cargaba en sus brazos de mujer le lamía la cara y la hacía sonreír. Ella ponía su mano derecha en mi hombro de niño de cinco años. Yo estaba ahí tan tranquilo, sin saber que la per-

41

dería pronto. Ya de adulto no veía su cara verdadera en mi cabeza, sólo la cara de esa foto y, ah, morfina, ah, mi madre, se
llamaba Elena. Hermoso nombre de mujer. No existen Ele-
nas feas y si existen, algo bonito deben de tener...

—¿No vas a hablarle a ese señor, hijo? —escuché la voz
distante de mi padre.

—Será mañana, será, será...

—Háblale. Se oía enfadado, y en una de sus llamadas, ame-
nazó con venir hasta aquí. ¿Le debes dinero? ¿Otra vez estás
apostando, Gil? Será mejor que lo digas, cabrón. Es mi pensión la que te juegas con esos cabrones viciosos.

—Padre, hace años que cerraron el hipódromo.

—¡Qué lástima! Era un gran lugar, Cuco Domínguez, *Go-
norreas* Gómez y un actor famoso que ahora no me acuerdo
su nombre, pero que salió en *Nosotros los pobres*, íbamos ahí
cada domingo a las apuestas. Oye, ¿quién es ese señor Del
Moral?

—Al que le secuestraron a su hija, el de la fábrica de Toficos.

—¿Tú la secuestraste? —preguntó suspicaz.

—Padre, recuerda que yo soy de los buenos.

—¿Cuánto van a pagarte?

—Ya te lo dije, setecientos mil pesos.

—No se oye mal, aunque lo justo sería un millón, meterse a salvar secuestrados es cosa peligrosa. ¿Y por qué está
enojado el tipo ese?

—No es conmigo, es con la vida. ¿Quieres cenar frijoles
en chile morita?

Ésa era otra ventaja de su alzheimer, podía hacerlo tragar
cien veces la misma comida sin que la detestara.

—No quiero nada. Dime. ¿Qué quería Ana tu ex mujer?
¿Le dijiste ya que esa niña no es tuya? Siempre estuve seguro que se la tiró el fulano que arregla lavadoras. La niña
tiene su cara.

Al parecer, el viejo estaba bastante lúcido e hiriente esa noche.

—El novio de Ana tiene cáncer de próstata; quería contármelo, se siente mal.

—¿Tiene una hija con otro tipo y ahora te agarra de pendejo sacerdote? ¿No la mandaste a chingar a su madre de una buena vez y para siempre?

Tocaron a la puerta.

—Debe ser el dulcero. —Mi padre me lanzó una toalla—. Sécate mientras le abro, lo siento en la sala y le ofrezco un trago.

En realidad, en cuanto al viejo, lo doloroso para mí no eran sus olvidos o que meara en la pecera o me preguntara por su manopla de béisbol, no. Lo doloroso era verlo lúcido y de golpe convertido en muñeco de trapo.

Tuve que ponerme la misma ropa apestosa de todo el día. Lupe no lavaba a diario y no me quedaba más remedio que racionarme las camisas.

Mariano del Moral y su mujer me esperaban en la sala. No tenían caras amistosas. Sólo les faltaba indumentaria y unos cuantos siglos atrás para ser la santa inquisición a punto de acusarme de algo.

—Todo está bajo control —espeté antes de recibir cualquier agresión.

—¡Cínico! —chilló Estrella—. ¡Nos robaron setenta mil pesos por su culpa! ¡Hablaré con mi compadre y le diré que me recomendó a un sin huevos, después iré a denunciarlo por ratero!

Papá intentó suavizar las cosas como pudo.

—¿Quieren tomar algo, señora, señor?

Le dijeron que no sin mucha cortesía y eso me dolió. El viejo no se merecía malos modos ni ser tratado como un don nadie.

—Sé quién se llevó el dinero —dije secamente—. De eso

se trataba el plan y quedó cumplido. Ahora, si no les importa, quiero dormir, recibí una paliza en cumplimiento de mi deber. —Alcé un poco la camisa y dejé ver el moretón.

El matrimonio no reparó demasiado en mi desgracia, se cogió las manos, llenos de súbita esperanza. Del Moral me miró avergonzado por las palabras duras de su mujer, pero ella no bajó la guardia:

—Entonces, hay que llamar a la policía ahora mismo. Hágalo ya.

—La policía va a meter la pata —opinó mi padre.

—Usted qué sabe —le dijo la mujer—. Llame ahora, Gil.

—Escuche bien, señora, no es momento de precipitarse. Tengo amigos en la policía, gente con las manos limpias que me ayudarán en el rescate.

—Eso no me costará más caro, ¿verdad? —interrogó Del Moral, y se arrepintió casi de inmediato. Pero su pregunta ya había caído como mierda.

La mujer le dio un golpecito en la rodilla.

—No, no le costará más caro —dije—. Mis honorarios ya quedaron fijos.

—Veinte mil pesos —recalcó Del Moral.

Mi padre me miró furioso al saber la verdadera cantidad.

—¿Cuándo piensa rescatar a mi hija? —preguntó Estrella.

—Deberán tener paciencia y confiar en mí.

—Tiene veinticuatro horas para hacerlo o lo acusaremos de ser cómplice.

—No, Estrella —reparó Del Moral—, el señor Baleares está de nuestro lado. Él tiene razón.

—Y tú lo que tienes es mierda en la cabeza, Mariano, se trata de nuestra hija, ¿cómo puedes confiar en un desconocido?

Del Moral bajó la cara, no sabía adónde esconderse. Realmente, lo compadecí.

Mi padre y yo intercambiamos miradas. Sé que estaba pensando lo mismo que yo dentro de su cerebro nebuloso, que la mujer era insoportable y cruel. Del Moral la tranquilizó con una mirada suplicante y a ella se le escapó un temblor de labios en el que dijo el nombre de su hija. Pensé en mi propia madre. Así sufriría ella cuando mi padre me llevó de su lado cuando se separaron.

—Creo que esto es lo que buscábamos —dijo Del Moral, mostrando una cinta de video—. La dejaron en el bote de basura.

—¿Por qué no empezó por ahí? —le reproché.

Fui a poner la cinta. Del Moral y su mujer parecían incómodos por la presencia de mi padre, pero él no los tomó en cuenta, yo tampoco. No estaba para buenos modales ni nadie los había tenido conmigo al verme tundido.

—Voy a poner las palomitas en el horno para la función —dijo mi padre con franca inocencia y se fue a la cocina.

—Tiene demencia senil —lo disculpé.

Un tipo largo de brazos y de piernas, cubierto de la cara con pasamontañas, llenó la pantalla del televisor, tenía un micrófono auricular frente a la boca que le deformaba la voz:

—Nos pediste un video de tu hija, y como somos unos cineastas bien cabrones aquí lo tienes, disfruta la función…

El encapuchado salió de cuadro.

Alicia apareció iluminada sólo de la cara. Parecía una niña de trece años, no de diecisiete. En un principio, no la noté angustiada.

Estrella se echó a llorar al verla. Su marido sólo dijo un ay mi hijita y le apretó la mano a su mujer.

Mi padre regresó de la cocina y, discretamente, me dio un vaso de ron con leche, luego se retiró a beber el suyo junto al marco de la puerta desde donde miraba la televisión, agudamente.

—¡Papá, mamá, Yayo! —Alicia enumeró a sus familiares.

Enseguida refrenó sus emociones en un esfuerzo de entereza—. Me tratan bien —rezó estudiadamente—. Me dan de comer, me dejan dormir, oír música, mucha música… —Hizo una pausa; una sonrisa, una mueca compungida, un gesto de dolor—. ¡Papá! ¡Mamá! —No pudo seguir entera—. ¡Ayúdenme! ¡Quiero volver a casa!

El encapuchado entró a cuadro y se puso detrás de Alicia. Esto debió helar a los Del Moral porque los vi ponerse pálidos.

Mi padre comenzó a orinarse en los pantalones y no parecía darse cuenta.

El encapuchado besuqueó las mejillas y el cuello de Alicia, ella sólo apartaba la cara sin defenderse, lo cual me indicó que la tenían atada de las manos, pero consideré que no compartiría esa opinión con sus padres.

Los Del Moral comenzaron a llorar en su clásico dueto tenor-soprano.

La imagen en pantalla se movió bruscamente, como si el camarógrafo hubiera dejado la cámara sobre algún lugar, y eso pasó, él también entró a cuadro. Se trataba de otro encapuchado, robusto y pequeño como el hombre que vi salir corriendo del baño del Vips. Traía una bolsa que colgaba como una gelatina. De ella sacó algo parecido a vísceras sanguinolentas de animal, las mostró a cámara y entre risotadas, él y el otro fulano mala madre comenzaron a embarrarlas en la cabeza y en el rostro de la chica hasta dejarla echa un batidillo espeluznante.

La muchachita lloraba sin control, lo mismo que Del Moral y Estrella. Los encapuchados, como si supieran de ese llanto, reían tanto que pensé que iban a asfixiarse o a tirarse de pedos.

La función terminó con la súbita imagen negra del televisor.

Comenzó la segunda función.

—¡Mi hijita! —Estrella fue hacia la tele y la sacudió como si quisiera sacar por ahí a su niña.

No pude evitar pensar que compré esa tele en diez mensualidades y con mucho esfuerzo.

Del Moral intentó abrazar a su mujer para llorar juntos, pero ella lo empujó bruscamente y le dijo:

—¡Tú no eres su padre!

«Carajo —pensé—, la misma historia que con la hija.»

—¡Un padre no se quedaría cruzado de brazos como tú!

—¡No es justo, Estrella! —se reveló Del Moral—. ¡A mí también me duele en el alma!

Miré a mi padre, el suelo bajo sus pies era un charco de meados que hacían una especie de grotesca burla a la escena de telenovela protagonizada por los Del Moral. Y con esto no quiero menospreciar su dolor, pero tuve que hacer mutis y llevar a mi padre a su habitación. Lo acosté, me miraba con ojos de muñeco sin vida.

—¿Lo ves? —le dije quizá contagiado por la desdichada pareja—. ¿Te das cuenta cómo sufre una madre por su hija y una hija por su madre? ¿Eh, viejo cabrón de mierda, eh? ¿Para qué me apartaste de su lado? ¿Qué tanto puede hacer una mujer como para que un hombre le quite al hijo y ella no vuelva a verlo nunca?

Sus nudillos cascados, sus pómulos anchos, me recordaron su foto en la pared, la de Ángel *Perro* Baleares, treinta años atrás, entrón, malencarado, de cuello más grueso que el tronco de un encino, generoso con los de su calaña, implacable con sus enemigos, bebedor sin fondo, hijo de gallego y de madre huichol. Rara mezcla. Le eché una cobija encima para que no pescara una pulmonía. Roncó como bebé de chancho.

—Pobre —le dije—. Nunca te vas a dar cuenta de que ya no estás vivo.

Volví a la sala, los Del Moral estaban acurrucaditos cual dos niños de orfanato, lloraban quedito.

47

—¿Puede llevarnos, señor Baleares? No trajimos coche y no soportaríamos la cara de un taxista desconocido en estos momentos —me dijo Del Moral con su dignidad de perdedor a cuestas.

Lo entendí perfectamente.

Era casi la una de la madrugada de un 19 de septiembre. Llovía, nada como para precaverse, sino pura llovizna amistosa de la que cae con suave sonido aplastado largamente por las llantas de los coches. El tráfico había desaparecido. Ni rastro de toda esa gente de la tarde. Seguro que otra vez la grieta en el asfalto se había devorado a unos cuantos coches.

Pese a la desgracia de los Del Moral, encendí la radio, no en busca de canciones (ya lo dije, odio la música) sino de cálida voz humana. Alguien que aminorara mi sentimiento de soledad y distrajera a mis pasajeros de su respetable dolor. Sintonicé a un locutor de voz pastosa que se las daba de filósofo nocturno, pero que a mí me parecía un reverendo idiota. Aseguraba que la vida sería mejor si nos diéramos cuenta de que todos somos hermanos, dijo un poema cursi de optimistas, acompañado por música de fondo: escucha hermano, la canción de la alegría. Nada nuevo bajo el Sol, la misma mierda barata de los que hablan como si Dios fuera su copiloto. Lo malo siempre les pasa a los demás, no a los hijos de Dios. Ésos siempre tienen suerte. Los Del Moral no parecían escucharlo, hacían bien. Su dolor estaba por encima de aquella palabrería. Apagué la radio en cuanto el locutor dijo: y ahora esta canción que nos pregunta, amigos desvelados, ¿de qué color es el viento?, ¿de qué color, de qué color?

Mierda. El viento no tiene color, el viento es delicioso cuando sales de una bronca y duro cuando te sientes muerto, tirado en el asfalto. Eso es todo. Derechos reservados de esta frase: Gil Baleares.

Saqué la mano por la ventanilla. El viento tenía mejor imaginación que el locutor, parecía querer arrancarme los dedos, pero no lo hacía, más bien sostenía mi mano en gentil ingravidez, si cerraba los ojos, podía imaginar que ese mismo viento sobre la mano me sucedía en el pico de una montaña o en la cubierta de un barco a mitad del mar, de puta madre, eso sí era pura poesía, la del viento, la de mi imaginación sin control ni cortapisas. ¿Y el dolor de los Del Moral? Era suyo, sólo suyo por más palabras de consuelo que dijera cualquier desconocido. Lo mejor es no decir nada, no caer en las frases huecas, acaso un abrazo, una mirada, no se puede dar más…

Llegamos a Lindavista.

—Perdí las llaves —reparó Del Moral, esculcándose los bolsillos frente a la puerta de su casa.

—Que les abra Yayo —dije.

Estrella tocó el timbre.

Después de otro timbrazo, Yayo abrió, somnoliento y en pijama. Tenía un libro en la mano. El título de letras grandes decía: ¡*Éxito A Como de Lugar!* Me pareció haber visto ese libro recientemente.

—¿Qué hay? —le pregunté.

No respondió. Mariano del Moral y su mujer entraron sin despedirse de mí. Yayo siguió mirándome unos segundos.

—¿Pasa algo, muchachote?

—¿Cómo va el asunto de mi sobrina?

—Creí que nunca ibas a preguntarlo.

—Mucho ayuda el que no estorba…

—Sigue así entonces, chico.

Di la media vuelta y me largué.

De esto se trata este negocio, de saber que jugamos al gato y al ratón. El gato da su primer zarpazo para intimidarte. «Tengo a tu mujer. O pagas o la mato.» Como ratón te descontrolas, suplicas piedad al gato, sufres, tiemblas sin control, no sabes en quién confiar, temes salir de tu agujero, terminas por tragarte tu dolor sin que nadie se dé cuenta. Tratas de juntar el dinero que te piden; raras veces lo consigues, pues los secuestradores piden millones a los pobres y trillones a los que sólo tienen un millón. El juego se encamina por la senda de la desesperanza. Y el puto gato vuelve a maullar: «O pagas o te mando el dedo de tu hija». No se puede más vivir sin dar el grito de auxilio. La familia ratona se reúne. El pariente rico se hace el despistado, el pobre no es mejor, se conduele para sentirse superior, pero va y escarba la olla de la comida en tu cocina y medita cómo sacar ventaja de la debilidad del que está jodido.

Al final de la historia, el ratón paga lo que puede y el gato se relame los bigotes. La familia ratona se separa porque ya no tienen lazos que los unan, se han mostrado demasiado sus carroñas que antes estaban escondidas entre sonrisas y abrazos navideños.

A veces, en medio de ese drama, gente como yo nos vemos involucrados. ¿Y quién soy yo? Un médico, le abro la barriga al enfermo, le saco las tripas. Corto por aquí y por allá. Vigilo signos vitales con oído de vampiro. Si se muere el enfermo, le meto una descarga de electricidad para regresarlo a la vida y seguirle martirizando en la plancha. El enfermo, antes de caer en mis manos, reía, jugaba, tenía sueños, lamentos, vida, pero nada de eso me importa. Le devuelvo la salud si es posible. Recibo el agradecimiento de su familia, pero si fracaso, me salgo por la puerta trasera del hospital y me voy al cine a ver una película de esas que hacen llorar a carcajadas.

Soy un médico, me gusta verme de ese modo, pero si le quito la fantasía soy lo que sencillamente dice mi anuncio en el periódico. GIL BALEARES. DETECTIVE. ASUNTOS SERIOS. ¿Qué clase de asuntos serios?, preguntan algunos despistados o suspicaces. Y yo respondo: si quiere saber si su mujer o su marido le pone los cuernos, búsquese a otro que lo investigue. Hay muchos que se dedican a eso, yo no, yo pienso que esta puta ciudad, este país nostalgia de nuestros abuelos, tiene broncas más urgentes que resolver que una jodida cuestión sentimental. Si su marido anda con putas o con la secretaria, mándelo a la mierda o póngale condones en el bolsillo. Si su mujer anda con el compadrito, atiéndala mejor o dé las gracias a quien se la entretiene, pero a mí pónganme a resolver casos interesantes. Ojo: no soy un héroe anónimo, soy alguien que no quiere ser arrastrado por la mediocridad, trato de sacar aunque sea la cabeza de la mierda.

¿De qué depende ser un buen cirujano, un buen detective? De talento, vocación, todo eso, pero hay cierta virtud redonda como la Tierra y vieja como cagar sentado, intuición. Mi intuición es mi mejor arma, de pronto, suena la campana en mi cabeza y las piezas se colocan en el lugar correcto. Así sucedió cuando Yayo me miró con sus ojos de iceberg y yo recordé ese libro, ¡*Éxito A Como de Lugar!* Lo vendían en el Vips.

Eché a volar la imaginación. Cabía la posibilidad de que el tipo que se largó con los setenta mil y Yayo estuvieran implicados en el secuestro de Alicia. Elaboré una hipótesis: Yayo, cabrón muchacho, esperó demasiadas bondades de la vida. Su ropa deportiva no parecía de buena marca. ¿Dónde quedaba ese asunto de su misión al reencarnar? ¿De qué le había servido ser revolucionario en la vida anterior y ahora un atleta frustrado? Tenía motivos para guardar rencor, para querer que su cuñado dulcero le diera una tajada del botín de la fábrica.

Si mi teoría era cierta, Yayo se convertía en el ratón y yo en el gato.

Eran alrededor de las dos de la madrugada. No quería volver a casa y oír a mi padre quejándose de cosas que parecían venir de sus propios sueños. El viejo hacía resumen de su vida y lo torturaban las culpas; muchos moribundos empiezan a vivir el juicio final antes de marcharse, al menos eso decía un *magazine*, que recordaba bien porque, en la portada, la señorita septiembre lucía una tanga de color aguacate y sus tetas se mostraban como dos vergeles inalcanzables, al menos para un tipo como yo, sin futuro y encaminándose a los cincuenta como un sonámbulo a una ventana abierta.

Me vi tocando el timbre del apartamento de Ana. Una cabeza se asomó en una de las ventanas del tercer piso del edificio color ocre.

Pasaron unos minutos y como nadie salía, volví a tocar. Ferni bajó.

—Necesito hablar contigo —le dije—. Súbete a poner algo, hace frío. Te invito a un café en el Vips de Chilpancingo.

—Es tarde…

—Esto es muy importante, sobre todo para ti, te lo aseguro.

Subió. Pasaron unos minutos y regresó igual de despeinado, pero en chanclas de dormir y con un abrigo como de abuelita.

Nos sentamos a la barra. El café no era bueno, pero sí la idea de que uno puede estar ahí a cualquier hora hablando de cosas intrascendentes como el cáncer de próstata de alguien que te importa un carajo.

—Ana me dijo que estás desahuciado —espeté.

Ferni lanzó un chispazo de rabia en sus ojos marrones, bajó la cara, vertió crema en su café, le puso dos de azúcar y le dio varias vueltas a la cuchara, tintineándola contra las paredes de la taza. Tenía una mata de pelo negra bien tupida. Su cara era la de uno de esos actores de telenovela, filosa, flaca, no de mal conjunto, pero sí muy rastrera.

Nos parecíamos en una cosa, ninguno de los dos era un triunfador. Él había recorrido la escala de todos los fracasos laborales y sentimentales; el último fue haberse metido en una de esas pirámides donde prometen hacerte rico a cambio de engatusar a otros con el cuento, pero terminó en bancarrota cuando los líderes del negocio se piraron y lo dejaron con un pie en la cárcel, desprestigio social y familiar. Terminó en la misma terapia de grupo donde estábamos Ana y yo, parecía tan solo, tan huérfano, que lo adoptamos, quizá para no tener que hablar de nuestras broncas y llenar los huecos de silencio hablando de otro más jodido. Nunca pensé que las cosas terminarían con mi mujer y el tipo enamorados.

—Eres un cabrón de mierda, Gil. ¿Por qué te metes en mi vida?

—Porque fuimos amigos…

Se talló la cara, apesadumbrado. Entonces supe que se iba a desarmar por completo. Era uno de esos momentos en que uno necesita confesar la verdad a toda costa.

—Ven al baño —me dijo.

—¿Para qué?

—Para hacerte un hijo —bromeó forzadamente.

Fuimos. Ferni se sacó el palo frente a mí: era una cosa gorda de color jamón cocido.

—Me metí con una fulana —confesó—. A los tres días, ardor a la hora de mear, hinchazón paulatina. El doctor me diagnosticó gonorrea, me inyectó un par de millones de unidades de antibiótico. Tenía que ir a más consultas, pero como ya estaba mejor y las inyecciones dolían un chingo, dejé de ir. Voy a reiniciar el tratamiento, por eso no quiero nada con Ana…

Lo miré asombrado.

—Es por su propio bien —agregó.

Le vi guardar su trozo de miseria gorda y mientras lo hacía, no pude evitarlo, le cogí por los pelos y estrellé su cabeza contra la pared de mosaicos blancos. Después le hundí la cara en el mingitorio largo de metal. Un tipo entró al baño en el momento en que Ferni trataba de librarse del castigo, pero no se quedó más de tres segundos y salió rápidamente.

La sangre de aquella cabeza corría entre el agua y los orines del mingitorio. Las manos de Ferni me buscaban la cara, lo que encontró fueron mis dientes, le mordí un dedo con fuerza de perro y escupí la sangre. El tipo lanzó un aullido de fantasma en pena, me estremeció escucharlo. Lo puse en pie y le metí la rodilla en los huevos. Quedó hincadito y con la boca abierta en forma de «O». Lo aventé de espaldas con mi pie puesto sobre su pecho.

Se dio un chingadazo contra la pared y se quedó sentadito.

Afuera, el hombre que había intentado entrar al baño, parecía contarle a una mujer lo sucedido, callaron cuando pasé a su lado, su indignación cayó en mis espaldas.

—Ya no se puede vivir en esta ciudad —alcancé a escuchar a la mujer.

Encontré a mi padre bien despierto y con ojeras como calcetines guangos, escuchaba la radio. Uno de sus grupos favoritos era la legendaria Sonora Santanera con sus canciones de humo, agobio y amor de cabaret.

—¿Sabes algo, hijo? —dijo tristemente en la penumbra—. Esto voy a echar de menos cuando ya no me acuerde de nada, la música…

No compartí sus sentimientos.

Fui a mi cuarto y me tumbé en la cama con las manos debajo de la cabeza, tratando de afinar mi hipótesis sobre Yayo y el rengo. Lo de Yayo comenzó a parecerme disparatado, un libro era un vínculo demasiado endeble, quizá aquel mozo que limpiaba el piso cerca de los baños tenía más ajo en el asunto. Pronto dejé de pensar en ellos y sin querer me asaltaron ideas sin control, el pito gordo de Ferni, la hija dormida en el sofá, Ana y sus juegos de palabras en cuanto a mi paternidad, las vísceras de animal cayendo sobre la cabeza de Alicia del Moral, el gusano del mezcal bajando por las aguas turbulentas de la botella, el Tsuru Nissan color plata y la cara burlona de Aniceto Pensado.

Logré conciliar el sueño un par de horas. Tres más las dormité hasta que la luz de la farola de la calle se apagó y comenzó a verse la luz mortecina de las seis de la mañana.

¿Tienen idea de cómo luce Ciudad de México a las seis de la mañana, vista desde la azotea de un edificio de seis pisos, donde las sábanas en los tendederos manotean como fantasmas temerosos, empujados por el viento? El cielo es una herida purulenta, una nata color marrón, densa como aceite sucio de coche o como café capuchino en vaso transparente, flota amenazante cerca del asfalto. Cualquiera dice, no tengo salvación y puede que no mienta. Sales a la calle, pero no sabes si volverás completo a casa. Todo puede pasarte en un par de horas, ser arrollado de ida y vuelta por un loco detrás del volante. A ese loco no podrán echarle encima una condena larga por ser menor de edad. Puedes ser martirizado, convertido al satanismo o a Dianética sin previo aviso, usado para tráfico drogas, sodomizado por un tipo vestido de Santa Claus, obligado a aceptar una tarjeta de descuentos que no quieres.

Lo mejor es no detenerse cuando alguien se te acerca queriéndote enjaretar una mercancía. Debes mirarle como si fueras un robot sin sentimientos, meter una mano al bolsillo para darle la idea que en cualquier momento sacarás una navaja para dejársela de recuerdito si te sigue jodiendo. De vez en cuando, puedes ser humilde y darle cinco pesos al borrachín que necesita curarse la resaca o a la niña que pide dinero en el semáforo. Un poco de misericordia aceitará tus piezas robóticas. No está mal, pero no deja de ser un riesgo. El borrachín podría convertirse en tu eterna sombra y seguirte día y noche con la mano estirada, no te lo quitarás de encima hasta que tengas el valor de decirle, ven, vamos a dar un paseíto y lo arrojes a las vías del Metro, el convoy lo hará pedazos más pronto que la jodida vida que ha llevado, es cruel, pero no se perderá nada, sólo que si alguien te ve cargártelo, te chantajeará, y si no pagas una cuota semanal, será como si hubieras matado a alguien muy importante. Te caerán encima un montón de parientes del infortunado, gente que nunca antes se preocupó por él. Te sacarán hasta la mierda en nombre de todos los borrachos del país. ¡Borrachos del mundo, uníos! Ése será el lema, la dictadura del borracho en contra tuya. Y cuando estés muerto, querrán tus órganos para los ricachones, tus zapatos para revenderlos en el mercado, tu piel para hacer un caldo de pollo.

Vale.

Después de tomar una bocanada de aire y de recoger la ropa de los tendederos, bajé de la azotea. El apartamento estaba caliente como nido de pájaro, pero olía a mierda. Mi padre se había cagado en la cama. Cogí una toalla mojada, otra seca, puse al viejo de cara a la pared y venga la mierda. Al principio, se me revolvía el estómago y corría al baño a vomitar. Con el tiempo, me acostumbré a limpiarle el culo al viejo, pero siempre convencido de que debía pateárselo por cabrón. Debo ser justo, el viejo tuvo sus cosas buenas. En las Navidades me compró juguetes de moda (extraño mi Scalextric), tres años seguidos me llevó a Disneylandia. Nunca me faltó comida, colegios, una habitación propia, y hasta llegué a tener un profesor privado en matemáticas. El viejo me quitó a mi madre, sí, pero a su modo la reemplazó por nanas y sirvientas y visitas a mis tías de Tecatitlán, que, como ya dije, eran mimadoras y hasta tenían una criadita que no fue mimadora, pero sí mamadora y me inició en los placeres de la sana adolescencia. Todo eso me lo procuró mi viejo, y estoy seguro de que en el fondo de su corazón de perro malo, hizo lo que pudo por darme un futuro. Si no lo tuve, fue por muchas causas o, como hoy dicen los expertos, el origen de la bronca fue multifactorial: un país en crisis, una güebonada endémica, las malas compañías, destino y una pizca de mala suerte.

Le puse talco en su gran culo de viejo, lo dejé arropadito. Me pregunté si él, desde su mundo en brumas, sentiría vergüenza. No lo sé. Cada vez le costaba más trabajo abrir la boca para decir lo más elemental, tardaba varios cafés en situarse en el planeta Tierra y en reconocer aquel apartamento donde había vivido veintidós años.

Abrí la ventana. El cuarto debía ventilarse.

Yayo, el mozo de Vips, el rengo alejándose por el restaurante, pasaron otra vez por mi cabeza, pero debían esperar, esa mañana la tenía reservada para tareas menos peligrosas, pero no menos importantes. La primera, hablar por teléfono a Lupe, era miércoles, día en que aparte de traernos comida enchilada, debía venir a limpiar el chiquero y a lavar la ropa sucia de los Baleares. Las ocho treinta de la mañana y de Lupe ni sus luces. Telefoneé a casa de su hermana (donde le tomaban los recados) y me dijeron que no sabía nada de ella, pero que andaba por el pueblo. Yo había aprendido a vivir con esas frases contradictorias de su familia, frases como: tengo que ir muy lejos, pero no me tardo. O yo se lo hago aunque no sé cómo, eran absurdas, pero no más que las de los gobernantes, así que me acostumbré a encontrarles su verdadero sentido: no cuentes conmigo.

Colgué, fui al baño a lavar los calzones de mi padre y unos cuantos calcetines. Las camisas y pantalones usados podrían aguantar otro par de días.

No sé lavar ropa, siempre me queda apestosa o percudida. Mi fuerte es trapear pisos, parece una tontería, pero poca gente sabe hacerlo bien. Lupe lo deja opaco. Ésta es la técnica,

57

señores. La jerga debe estar muy limpia antes de usarse. Nada de grandes cantidades de jabón, muchos usan media botella, pensando que así el piso quedará mejor. Patrañas de los anuncios de televisión. Quieren que gastes el producto y que compres más. En realidad, el piso te quedará pegajoso si usas mucho limpiador, media tapita es suficiente; después, manos a la obra. Lo primero es una pasada con la jerga muy mojada, dejarlo unos segundos y tallar hasta que se desprenda cualquier pegoste. Siguiente paso, otra pasada con la jerga bien exprimida. Abran las ventanas y dejen que el aire haga su parte, tendrán un piso brillante, liso. Olvido decir que el piso debe estar bien barrido o de lo contrario el polvo y el agua sólo revolverán la mierda.

¿En qué se me iba el día? La puta limpieza de la casa. Sólo hay algo que debía tener a punto: mi matona 45, una chulada con su cacha color cuero. Disfruto la sensación pesada de ponerla en la palma de mi mano y del leve palpitar eléctrico que me produce en las yemas de los dedos. Pienso que es como un picaporte que abro y me muestra una sorpresa, la cara de un muerto repentino o de un herido, o de una muerta, pues a decir verdad, en mi obituario no distingo sexos y casi puedo decir que tampoco edades. Hace un par de años, caí en una obsesión, estaba convencido de que con esa misma pistola me iban a matar. Un psicólogo (el de la terapia de grupo) me aconsejó que la cambiara por otra pistola al menos para engañar al subconsciente. Lo intenté, pero no engañé a nadie y hasta la fecha eso del subconsciente me parece lo mismo que decir subcomandante, nada, así que realicé el siguiente ritual: puse el arma sobre la cama y le hablé con cariño: mira, bonita, he aprendido que todo en esta vida es posible, yo sé que me quieres mucho, pero no puedo descartar que un día alguien te use en mi contra, no podrás evitarlo por mucho que atasques el gatillo, de antemano, te perdono.

Santo remedio, no volví a sentir temor de cargar mi vieja 45.

La vejez, la muerte, hay que aceptarlas, y eso sucede cuando vemos el posible lado hermoso de estas cosas. Por ejemplo, el deterioro de mi padre; dos surcos le nacían debajo de los párpados bifurcándose en miles de senderos, eso le daba un aire que infundía respeto. Se le habían ido formando dos belfos como de perro sabio. Qué ironía que de joven lo llamaran así.

Basta de hablar de ese viejo cagón. Lavé su ropa, preparé sopita de pollo y aseé el apartamento hasta dejarlo de portada de revista.

Sonó el teléfono:

—Mi nombre es Felicity Guzmán y le hablo de Master Age Care. ¿Nos recuerda?

—¿Master qué?

—Care. Especialistas en el cuidado de nuestra gente de la tercera edad, ¿recuerda que hablamos el mes pasado en el hospital, cuando llevó a su padre a una resonancia magnética?

—Discúlpeme, se está cortando la llamada…

Colgué el teléfono y dejé la bocina descolgada.

Esa gente te pide dinerales por limpiar el culo a tus ancianos y tratarlos como bebés y luego llamarle a eso gerontología afectiva u otras chorradas. Veintitrés mil pesos mensuales para ser exactos, tal es el precio del negocio de los viejos. ¡Casi dos enganches de un Tsuru! No digo que mi padre no valiera ese dinero, pero hablando en plata, ¿de dónde lo iba yo a sacar? Tenía cincuenta y dos mil pesos en el banco, producto de mis dos últimos trabajos: una señora de Las Lomas y un empresario de las zapaterías Vinatour al que pillaron afuera de su empresa. Los rescaté vivos, sin dedos de menos, entregados a domicilio como pizzas. En ningún caso me dieron un bono extra, nada de reparto de utilidades o aguinaldo a fin de año. En resumidas cuentas, debía administrar mis pocos recursos para sobrevivir hasta el siguiente caso cerrado. Papá tendría que morirse como Dios le diera a entender y punto, aunque, ciertamente, su seguro social no correría con los gastos del entierro. Por eso, a veces, me daba por hablar con vendedores de panteón y calcular el gasto inevitable. Siempre les daba un teléfono falso, para que después no me persiguieran como muertos vivientes. El hecho es que si no juntaba para el entierro del viejo, tendría que poner en marcha el plan b: cargar con su cadáver hasta un callejón solitario, rosearle ron en la ropa y dejarlo abandonado, quien lo encontrara lo pensaría un indigente muerto de alcoholismo. Lo enterrarían en la fosa común o, en el mejor de los casos, serviría a los estudiantes de medicina de la Universidad Nacional Autónoma de México para sus prácticas.

—Adiós, padre. No te orines en la pecera.

Me atreví a decírselo porque estaba roncando.

Si te pones listo, a mediodía, puedes encontrar unos tacos supremos en la calle Morelos, cerca de donde los voceadores de periódicos levantan su mercancía y los borrachines dibujantes de historietas duermen en las calles, esperando salvar el día cuando la editorial les pague su cheque atrasado.

Tacos de porquería, les llaman, es la sobra de la carne de cerdo al pastor untada con una salsa de chile de árbol y ajo. El taquero se llama José Chon Matos y es un ex policía grandote que de vez en cuando me pasa información. (Al paso del tiempo me di cuenta que la única información valiosa que debió confesarme José Chon era la receta de su salsa.) Ese mediodía, comí catorce tacos y dos Coca-Colas. Me pasé de listo. Comenzaron los retortijones, el incendio de tripas, pero tenía que quedarme para hablar con José Chon.

Le conté el asunto de Alicia del Moral.

—Los hermanos Mendizábal andan trabajando duro últimamente.

—¿Crees que ellos la tengan secuestrada?

—Pues a saber, hermano.

Las manazas prietas de José Chon cogieron trozos de carne color naranja y las arrojaron en la plancha caliente. Una neblina de grasa emergió junto con el ruido rumoroso del freír de la carne de puerco.

—Necesito algo por donde empezar, cualquier cosa por pequeña que sea.

—Pues expertos en niños tienes a Bartola Castro o a los Bálmis o a los Gaviria Ruiz, aunque dicen que ya vienen los rumanos…

El que me enumerara bandas delincuenciales sólo me hizo más abrumador el panorama.

—Siento fallarte. ¿Algo más, Gil?

—Sí, la receta de tu salsa.

—Vete al carajo. ¿Cómo está tu padre?

—Envejeciendo y olvidando.

—Qué buena suerte tiene. Olvidar es aligerar la carga.

Pagué la cuenta, le encargué que me echara un grito si oía algo, y cuando estaba por irme, José Chon tronó los dedos cerca de su sien.

—Ah, se me olvidaba, un favor, Gil.

—¿Qué cosa?

—A mi hija Prudencia la está molestando un vago. ¿Puedes echarme una manita con ese cabrón?

Meterse a un baño del estacionamiento, en el centro de la ciudad, puede ser peor que besarle el culo a un chango en el zoológico. Yo cometí ese error. Ni siquiera pude defecar. Las náuseas me lo impidieron al ver el paisaje del que es capaz la raza humana cuando carece de modales. Compré un anticagatorio y me fui a casa de los Del Moral, pensando que podría usar uno de sus siete baños. En el camino pensé en Prudencia, ella era del estilo Alicia, una muchacha dulce, encantadora, inteligente, toda una promesa, pero que tenía la desgracia de vivir en un barrio donde los vagos la codiciaban como abejorros a la miel.

Se estarán preguntando por qué un tipo como José Chon, metro noventa de estatura, que infunde miedo y respeto, me encargaba a mí defenderla. Bien, José Chon había mandado suficiente escoria al cementerio cuando era policía. Corría la leyenda urbana de que a uno le zafó el cerebro de su sitio de un solo puñetazo. Pero un día, José Chon fue herido gravemente y vivió una de esas experiencias de la luz al final del túnel; Cristo, o alguien de esa envergadura, le dio una orden, volver a la vida y hacer algo decente. Dejó la Policía Judicial, se volvió evangelista, taquero evangelista para ser precisos, dos hechos que lo transformaron en un tipo espiritual o como dicen los psicólogos, nutricio, padre sano, etc. Rechazó el camino de la violencia, o mejor dicho, lo dejó en manos de otros. Mi deber, pues, era ayudarlo porque lo apreciaba y porque teníamos esa clase de pactos no dichos y porque, bueno, yo aún no había visto mi propio cuerpo desde el techo de un hospital, a no ser frente al espejo roído del baño.

Aparqué frente a la casa de los Del Moral. Un tipo se acercó a preguntarme en cuánto vendía mi coche.

—Nueve mil pesos al *cash*.

—No jodas, ¿en serio?

—Es de colección.

Se echó a reír.

—Te doy tres mil ahora mismo.

—Cinco mil quinientos y cerramos trato.

—Cuatro y di que ya ganaste.

—No me hagas reír, dame cinco o vete a buscar otra cosa.

Se quedó pensativo, le pasó una mano al cofre sobre las partes carcomidas de pintura.

—La verdad es que soy mecánico —confesó—; lo quiero para desarmarlo y rescatar las piezas buenas, lo demás es pura mierda.

Me sentí ofendido.

Sacó un fajo de billetes, contó cinco mil e intentó ponérmelos sobre la mano.

—No hay trato —le dije y me di la vuelta, dejándolo con cara de asombro.

Toqué el timbre de la casa. El tipo seguía a mis espaldas.

—¿Qué pasó con el trato?

—No quiero tu dinero, carajón.

—¿Cómo me llamaste, pendejo?

Discretamente, le mostré la cacha de mi pipa, se alejó pálido como un sudario.

Cuando Yayo abrió la puerta, sentí su mala vibra. Nunca le había visto tan expresivo, sus mejillas eran de un rojo que envidiaría un vino de La Rioja, sus ojos brincaban como revisándome las facciones para cerciorarse de que no veía un aparecido. Se hizo a un lado, me dejó pasar. En la sala, estaban dos sujetos dándome la espalda, sentados en uno de los sillones largos. Frente a ellos estaban Mariano del Moral y Estrella.

Mariano se puso muy nervioso al verme, pero su mujer me atravesó el cerebro con una mirada cargada de desprecio.

Los tipos voltearon, eran el par de cabrones que me jodieron en el estacionamiento del Vips. No disimularon la burla al verme con la nariz amoratada.

Del Moral se puso en pie, me cogió del brazo y me hizo cruzar la estancia hasta el jardín trasero de la casa. Miré la fachada posterior, llena de ventanas de mal gusto, aluminio dorado y vidrios ahumados. Si yo tuviera una casa tan grande como ésa, tendría que dibujar un croquis para no perderme. Mi padre ni se diga, aparecería muerto de inanición en una de las habitaciones. Las veredas del jardín estaban pintadas de color rosa chillón. Y entre las veredas, había letreritos de madera con versos de poetas que hablaban de la futilidad de la existencia. Del Moral me detuvo frente a un rosal de pétalos quemados por la lluvia.

—¿Cuál es la bronca? —pregunté.

—Está fuera de esto, Gil. Y por favor, no me lo haga más difícil, váyase.

—¿Así de fácil? ¿Me largo y ya?

—Mi esposa llamó a la policía, nos mandaron a esos dos, parecen saber mucho de secuestros.

Sonreí abiertamente y dije:

—Entonces trabajaremos todos juntos como dicen en la puta tele; como la gran familia mexicana…

—No, Gil, eso no es posible…

—¿Confía en ellos? ¿Ya vio qué facha tienen?

—Yo no me guío por el aspecto de las personas.

—Si no por su buen corazón —agregué—. No nos hagamos pendejos, señor Del Moral, le apuesto el cheque que traigo en el bolsillo a que esos dos fulanos no pasarían ahora mismo la prueba del dopaje, seguro respiran con la boca abierta porque las narices las tienen rellenas de talquito…

Del Moral miró aquí y allá hasta que los ojos se le humedecieron y se desmoronó como una hoja seca golpeada por el huracán Katrina.

—¡Ahora los secuestradores quieren dos millones! —chilló apanicado—. ¡Y mi esposa dice que es culpa de usted! ¡Que si no hubiéramos hecho ese movimiento de anoche, no estarían tan mal las cosas! ¡Dos millones! ¿Entiende, Gil? ¡No los tengo! ¡Van a matar a mi hija! ¡La van a matar por su culpa!

—Se equivoca como el pendejo que soltó la bomba en Hiroshima —dije tranquilamente.

64

—¿No sabe lo que significa la piedad?

—Déjese de frases, amigo, esto no es una puta telenovela, yo no inventé las reglas, a su hija la secuestraron y eso causa dolor inevitablemente, sólo se gana la partida si se tiene sangre fría. Incluso, déjeme decirle algo, imagine que ya está muerta, que lo que quiere es recuperar su cadáver y ya está, le será más fácil.

El pobre hombre rata me miró horrorizado.

—Para su información, tengo una hija de nueve —compartí.

—¡Pues entonces cambie de actitud y piense que su hija podría estar en el lugar de la mía! ¿Estaría pensando en dinero, diciendo frases tontas y sin corazón?

—Ya veo, su mujer le ha convencido de que hago esto sólo por dinero. ¿Se ha puesto a pensar lo poco que le estoy cobrando?

—Ellos no me cobrarán un solo peso.

Eché una risotada y el tipo se encendió de cólera.

—No toda la policía está podrida como usted piensa.

—Claro que no, sólo se salvan los que salen en la tele. Mire, amigo Del Moral, me temo que va a cagarla. Si confía en esos dos hijos de puta, su hija ya está muerta, se lo aseguro. ¿Ve esta nariz? ¿Quiénes cree que la jodieron? ¿Quiere que le muestre mis costillas? O mejor que eso, puedo conseguir con algunos contactos unas cartitas de antecedentes penales de sus dos nuevos amiguitos.

Del Moral puso cara de tortura, sin embargo, no logré hacerlo cambiar de opinión y volvió a mencionar que ahora debía conseguir dos millones de pesos.

—Déjeme adivinar, le han dicho que pueden negociar por un millón y también que…

—¡Cállese ya!

No quería oír más y lo comprendí, cada palabra mía le quitaba el suelo de los pies. Necesitaba aferrarse a cualquier esperanza por descabellada que fuera. Le iba a decir lo siento, pero decidí darle tiempo al tiempo. Di la vuelta para largarme.

—Falta algo, Gil.

Le costó trabajo decirlo.

—Tiene que devolverme el cheque…

—¿…?

—No se preocupe, sé que invirtió su tiempo, le voy a dar una compensación.

—¿De cuánto?

—Quinientos pesos.

Igual que el mecánico que quería mi coche, éste también se quería pasar de listo.

—Vámonos en orden, señor Del Moral. —Iba a soltarle un rollo, pero sólo dije—: Quítese de mi camino, no quiero romperle la cara a un hombre que está sufriendo tanto.

Di dos pasos y el tipo me cogió de un brazo. Cuando lo miré feroz, tuvo que soltarme.

—El dinero es de mi mujer…

—¿De quién es la fábrica de los Toficos?

—Eso no es asunto suyo.

—Sólo cuando le conviene todo es asunto mío; su hija, su dolor, sus ganas de beber conmigo.

—Por favor, entienda, Baleares, no puede cobrar ese cheque. Hay cosas de pareja que son asuntos delicados, ya debería saberlo…

—Soy divorciado. Se acabó la charla.

—Le repito que no puede cobrar ese dinero.

—Verá que sí.

Volví a dar un par de pasos.

—No tiene fondos —espetó.

La víctima se estaba convirtiendo en victimario, el ratón en gato.

—Intentaré cobrarlo en cada banco que me encuentre y el

banco le cobrará comisión por no tener fondos —le advertí—, novecientos pesos más impuesto cada vez que lo presente en una ventanilla.

—Yo le doy esos novecientos pesos, pero devuélvame mi cheque.

—Vaya, subió la oferta...

—Mil quinientos, Gil, pero olvídese de lo demás.

El regateo me dio asco. Di la media vuelta y esta vez ya no me detuve.

Al llegar a la sala, Estrella me regaló otra ráfaga de desprecio. Los muchachotes también me vieron de mal modo, querían camorra. Y yo iba a dársela.

Salí de la casa y me topé con un neumático picado. El mecánico se había vengado porque no le vendí el coche. Ya lo dije, uno sale sin saber qué le depara la maldita calle. Me dispuse a cambiar la llanta. Los dos polis salieron de la casa. No dudé en mostrarles que traía fusca, pipa, la matona con ganas de soltar canicas de metal.

—Cuidado, putita —me advirtió uno—, te estamos vigilando.

—Y yo a ustedes.

—Nosotros somos muchos.

—Y mi papá bombero.

Se montaron en un Camaro achaparrado que pedorreó duro cuando le dieron marcha y lo encaminaron hacia la avenida donde los coches desbarataban el asfalto.

Me pasé por la concesionaria, no iba de buen humor.

—¿Otra vez por aquí, señor Baleares? —gruñó Aniceto Pensado.

—No tendré el anticipo a tiempo y quiero pedirle un favor...

Se le desencajó la cara.

—No se trata de un préstamo —intenté bromear, pero no le mejoró el semblante.

—Necesito que me respete la promoción para cuando junte ese dinero, cosa de unos cuantos días más.

—Señor Baleares, eso no depende de mí.

—¿Con quién tengo que hablar entonces?

—Con nadie, el anticipo es precisamente para respetar la promoción. Usted me lo da y yo le entrego una carta compromiso de la agencia automotriz. Hasta no firmar nada, todo son palabras y a las palabras se lleva el viento. ¿Me comprende?

Se estaba poniendo filosófico el cabrón, como el locutor de la radio.

—Existe la palabra de honor, amigo Pensado.

Se encogió de hombros y puso cara de que le hablaba en chino.

—Sólo serán unos cuantos días, yo compraré ese coche, de eso que no le quepa duda.

—De verdad, lo siento —repitió como cuando un extraño te da el pésame porque se te murió alguien que él jamás vio en su puñetera vida.

—Se lo estoy pidiendo como un favor…

—¿Y qué quiere? ¿Qué hable a la matriz y les diga que cambien sus reglas? —preguntó altaneramente—. ¿Por qué no compra un auto usado? —remató.

Me sentí de la misma forma que mi padre cuando lo trataban mal por viejo al ir por sus medicinas al Seguro Social, pendejeado por un pendejo.

—Le doy mi palabra que tendré ese dinero.

Sonrió y quise meterle un cabronazo entre nariz y hocico, intenté otro recurso.

—¿Qué tal si le doy quinientos pesos para usted?

—Por favor, ya no diga más…

—¿Cuánto gana por vender un coche? Llévese quinientos pesos más, yo se los regalo.

—¿Por qué no se tranquiliza? El coche no se va a ir, ahí está. Le diré un secreto. —Acercó la cara hasta que olí su tufo a crema de afeitar—. Siempre extienden la promoción unos días más…

—No me trate como a un niño cagón, cualquier incremento de precio, cosa nada rara, y todo se me va al carajo. Si no acepta los quinientos pesos, voy a decirle al gerente que usted me los acaba de pedir a mí.

Aniceto sonrió incrédulo y luego, como si también hubiera comido los tacos de José Chon, puso cara de necesitar correr al baño. Saqué un billete de quinientos pesos y se lo metí en el bolsillo, y eso porque comprendí que no le cabían en el culo.

—Señor Baleares, ¿qué hace?

Lo correcto. De muchacho, en mi noble intento de no seguir los pasos de mi padre, vendí enciclopedias de puerta en puerta, cuando no existía el Internet ni los discos piratas del National Geographic. Iba a plomo de sol por las calles de la ciudad. No me quejo, me gustaba leer buenos libros y lo hacía gratis. Historia y ciencia eran mis temas predilectos, así como conocer el significado de palabrejas raras de los diccionarios, como pachamanga y quizcuate.

En ese tiempo, no había escuelas para vendedores con todas esas técnicas de la asertividad, la inteligencia emocional y la programación neurolingüística. Uno debía soltar la verborrea como un verdadero muerto de hambre si quería ganarse su comisión, debía hacerle ver al cliente que los libros le darían cultura *fast track* y que los tomos se verían chulos en su librero. No en pocas ocasiones me topé con gente que deseaba tener una enciclopedia, pero aún convencidos, necesitaban de un empujoncito.

Es ahí donde entra la psicología de vendedor. Todo aquello que compramos: coches, casas, perros, lotes de panteón, juguetes, drogas, cosméticos, compañía, debe darnos algo más que el objeto en sí, debe darnos el beneplácito del mundo. ¿Y quién es ese tipo que nos dirá que seremos aceptados si compramos algo? El amigo vendedor.

Y de vendedor a vendedor, sólo hice mi trabajo: recordarle su precio a Aniceto Pensado.

—Recuerde, tiene que ser color plata y cómprese una corbata que no brille de noche.

Cuando vi la ambulancia frente al edificio, supe que se trataba de mi padre. Era el único candidato a urgencias aparte de la vecina embarazada del siete. Bajé rápido del Datsun, pero la ambulancia ya se iba. Carmelo, el vecino jorobado y ñango del apartamento de arriba al mío, me dijo que había oído un golpazo cuando planchaba su ropa; según él, pese a su singular humanidad bajó la escalera lo más rápido que pudo, tocó varias veces a mi puerta y, al no tener respuesta, la tumbó de una patada (es increíble lo que puede hacer el ser más débil cuando se enfrenta a una emergencia: mentir… Hacía tiempo que las bisagras de la puerta estaban por vencerse).

Encontró a mi padre inconsciente en el piso del baño. El agua de la regadera se llevaba la sangre de su cabeza. Carmelo habló de inmediato a la ambulancia. Quiso acompañarlos, pero le dijeron que mejor se quedara para avisarme de lo sucedido. Se lo agradecí y fui a sacar los papeles del Seguro Social. Al voltear, Carmelo estaba detrás de mí.

—Voy contigo, Gil.

—Mejor te hablo desde hospital, pero gracias por todo.

—¿Seguro?

—Seguro Social.

—¿Qué dices?

—Nada, estoy pensando en otras cosas.

Al llegar al hospital, descubrí que la cosa había sido más

aparatosa que grave. Según mi viejo «alguien» invirtió las llaves del agua fría y caliente. Al sentirse chamuscado, resbaló y se metió un buen cabronazo en la cabeza.

Le dieron tres puntadas. Me dijeron que podía llevármelo en cuanto pagara el hilo y los calmantes que le administraron para el dolor.

Ésa es la verdad. Mi viejo se había partido el culo como servidor público, no puedo decir que honrado, pero sí que trabajó duro, y ahora tenía que pagar por un trozo de hilo y un par de calmantes.

Discutí con el personal a cargo y les hablé del derecho a una vejez digna. Me mandaron, como decía mi abuelo, a tomar por el culo.

Papá no quería regresar a casa. Me dijo que la cama del hospital estaba más limpia que la suya y que se había enamorado de una de las enfermeras.

—Tendrás que aceptar que viva con nosotros —me advirtió—. Y no vayas a llamarla madrastra o te parto la boca, ¿entendido, cabroncete?

Ése era Perro Baleares en todo su apogeo.

Una mujer cuarentona, morena, de carnes generosas, un poco trompuda y con cierto encanto tropical, vino a pedirnos que desocupáramos la cama porque venía en camino un muchacho infartado del cerebro.

Al viejo se le paraba descaradamente el instrumento por debajo de la sábana mientras la enfermera nos hablaba.

—No me puedo ir, Lidia —la llamó por su nombre—. Aún necesito de sus buenos cuidados. Mi hijo no me atenderá en casa, de hecho tengo anemia por su culpa, no me da de comer y me grita por todo.

—Muy bien, don Ángel. —Lidia me guiñó un ojo—. Quédese, aprovecharemos para hacerle una exploración rectal. A su edad, tiene que tener cuidado con el cáncer de próstata.

Nos largamos sin que nadie osara tocarle el culo al viejo.

Pasé el resto de la tarde oyéndole llorar como un chiquillo porque «mi madrastra nos había abandonado». Le ofrecí caldito de pollo. Me dijo que sí, me lo escupió cuando se lo di. Fui al baño a limpiarme la cara, cuando regresé papá me dio las gracias por el caldo; se lo había bebido y los pedacitos de zanahorias y pollo le llenaban la camisa. No me atreví a ofrecerle postre y recibir otra escupida, había plátanos con crema.

Seis y treinta de la tarde, dejé al viejo dormido y salí a la calle. Me detuve en un cajero automático. Saqué mil pesos para gastos corrientes. Estaba preocupado por la amenaza de no cobrar el cheque. Mientras efectuaba la operación tapé la pantalla para no ver cuánto había bajado mi cuenta. Siempre hacía lo mismo, cubrir la pantalla. Es espantoso vivir así, al margen de la derrota, pero hay gente que no tenemos otra opción. Espero que algún día tengamos un presidente militar, pues hay dos culpables de mi fracaso, yo y los presidentes burócratas, macroeconómicos de mierda.

Los militares no son perfectos, los soldados fuman marihuana, los generales son dictatoriales, pero por lo menos tienen una ley que respeto, la pena de muerte. Mi sistema es una mezcla de autoritarismo y democracia, llamémosle demoautoritarismo. Bajo tal sistema no viviríamos a la deriva, lo único que se necesitaría es supervisar a los militares para que no se pasen de cabrones.

Siete de la noche: alcancé a Aniceto Pensado cuando estaba por largarse, le toqué la ventanilla del coche, se asustó al verme un poco mojado de lluvia. Bajó el vidrio y me miró atemorizado.

—Color plata, no lo olvide…

Asintió. Arrancó y el pendejo casi choca contra otro coche que pasaba por la calle, recibió una larga mentada de madre.

Fui a pagar las medicinas de mi viejo. «Mi madrastra» se estaba largando con un médico tan viejo como mi padre, pero en un coche como de embajador.

Siete y veinte de la noche, fui a cumplir el encargo de José Chon.

Yo sabía que Prudencia asistía a los servicios religiosos de su iglesia. La esperé afuera del templo no por rechazo al culto, sino porque los evangelistas tienen esa singular obsesión de cantar cada tres segundos y ya saben lo que pienso de la música.

Un tipo flaco, pequeñito y flacucho como alienígena, merodeaba en la puerta. Pensé que se trataba del moscón que rondaba a la hija de José Chon y no me equivoqué. Prudencia salió del templo, el tipo aguardó a que ella se despidiera de los aleluyos y la alcanzó a media calle. Por la forma en que se abrazaron me di cuenta que José Chon estaba equivocado, el tipo no la molestaba, era su noviete.

Ocho menos quince. Seguí a Prudencia y al alienígena hasta la esquina de la casa de José Chon. El alienígena le metió un beso a la muchacha que serviría para destapar una cañería y la dejó marcharse. Ella volteó varias veces antes de desaparecer en su puerta.

El alienígena se alejó dichoso como moscardón en un sorbete. Le cerré el paso con el coche, saqué la pipa tuerta, le apunté al corazón y lo hice entrar a mi carcacha.

—No tengo dinero —me dijo, amarillento de rostro y en castellano de pueblo.

—¿Cómo te llamas?

—Juanelo.

—¿Tienes apellido?

—Pastrana.

—¿Y el de tu madre, patraña?

—Madrazo.

—El que estoy a punto de darte. Muy bien, Juanelo Patraña Madrazo, no vuelvas a acercarte a Prudencia o te comes mi pistola, la que tiene cacha para que no te emociones conmigo. ¿Está claro, hijo de puta?

—¿Puedo decir algo? —Alzó la mano como escolapio.

Su pregunta me pareció encantadora.

—Si es amigo de don José Chon, dígale que me voy a casar con su hija.

—¿No oíste lo que te dije?

—La quiero.

—Me importa una mierda. —Le piqué el cachete con la fusca—. O la dejas o te parto la madre que te vio nacer y llorará ante tu tumba. ¿Entendiste, pendejo sin importancia?

—Sí, señor.

Lo dejé en el semáforo siguiente y me fui pensando por qué me había llamado señor. No lo había dicho con burla.

Diez cuarenta de la noche. Aquellas almas de garroteros, meseras y cocineros salían del Vips con aspecto de haber sido molidos por un machacador gigante. Caminaban sin prisa, pero también sin visos de ilusiones, como espíritus que se intuyen muertos en un cementerio sin fronteras. Entre ellos iba el mozo convertido en mojón de mierda, cargaba una mochila que tiraba de él hacia atrás. Bostezaba, mirando lánguidamente en todas direcciones como si hubiera extraviado algo muy valioso y que él mismo no supiera de qué cosa se trataba. Sus ojos estaban puestos en la avenida, donde una larga fila de antenas rugía electricidad.

Se despidió de sus compañeros de derrota y caminó hacia la avenida. Abordó un taxi, lo seguí por todo Miguel Ángel de Quevedo hasta que bajó en Zapata y abordó otro microbús que parecía un monstruo borracho a punto de doblarse a un costado.

El mozo cogió otro micro en Eje Central y bajó en el centro, en República de El Salvador. Entró a un edificio de fachada tan gris como la piel lisa de una rata. Calculé unos segundos a que llegara al primer piso, entonces yo también subí, mirándole desaparecer en el siguiente tramo de escalera. Subimos cinco pisos más, yo detrás de él, dándole tiempo de llevarme delantera y él, apresurándose.

Le oí agitar las llaves, abrir una cerradura, caminé más rápido y lo vi entrar a su apartamento, el número 13. Eso no me sonó nada bien. Eché un ojo al piso de arriba, el sexto, era el último y ese vacío helaba el corazón.

Fui a sentarme a la escalera, saqué mi nueva revista de ciencia mientras se me ocurría algo. «Lo que nos depara el siglo XXI», decía el artículo. Comencé a leer junto al chiflón de aire venido de un vidrio roto en el cubo de la escalera, bajo la pálida luz de un foco de cuarenta vatios y ese olor de los edificios viejos que se parece al vacío del alma. Según el artículo, para el año 2095 no habría agua en dos terceras partes de la Tierra, lo que generará problemas sociales de insospechada magnitud. Se dice que los países ricos tendrán que recibir ya no inmigrantes, sino macro inmigraciones, muchos países quedarán convertidos en ciudades desiertas a causa del cambio climático, sólo quedarán en ellos los que no pudieron irse, es decir, los muertos. Los países ricos tendrán que dar empleo, casa, seguro médico a los inmigrantes, ya sin rechistar el asunto de fronteras. El que escribe el artículo sugiere que la solución podría ser «sembrar» a toda esa gente en las partes vacías del planeta, pero dotándolas de cierta infraestructura, y pone algunos ejemplos de civilizaciones que han nacido y tenido esplendor en lugares aparentemente inhóspitos, como los aztecas. Sugiere que si no se resuelve el problema, los países moribundos crearán una honda de expansión que se traducirá en enfermedades desconocidas. El Apocalipsis vuelto realidad. La tecnología, el Internet y esas chorradas serán la vía de espionaje del futuro. Los *jackers* se convertirán en los nuevos 007, niños de doce años expertos en informática, vueltos espías millonarios, los nuevos ídolos serán esos niños genios de la informática.

Me quedé pensando con la cabeza recargada en la pared y el corazón apretujado en el pecho. ¿Qué sería de la hija? ¿Habría líquido vital para ella? Y cuando digo líquido vital no sólo pensaba en agua, sino en la posibilidad de un futuro. ¿No sería bueno que su previsora madre la enviara a uno de esos países ricos antes de que empezara el Apocalipsis? Pero ¿a qué país? Ricos, pero no mejores, contaminados por los programas cutres de la televisión y la pandemia consumista, carajo.

Ésta es una de las razones por las que mandé al quinto coño a la policía. Los compañeros nunca hablaban del futuro. No veían más allá de su satisfacción inmediata, del dinero mal habido, de algún viaje de verano a una playa donde olvidar la mierda nuestra de cada día, echados como sapos sucios en la arena junto a una cubeta de cervezas frías.

Hablarles del futuro era picar piedra con tenedor. Recuerdo al teniente Godiz: un día me echó una trompetilla cuando le hablé del futuro, me dijo que me metiera un dedo en el fundillo y luego a la boca y ya no hablara más de estupideces. Hizo reír a todos con su mal chiste y yo me quedé silencioso, herido, impotente, lleno de ideas y preguntas sin respuestas.

Cerré la revista. ¿Saben lo que me preocupaba en realidad? ¿Los niños de Somalia? ¿El futuro de la humanidad? ¿Mi anciano padre? Nada de eso. Mi coche color plata. Viendo las cosas como estaban, si no era capaz de aplicar mi ley a medio mundo por tener lo mío, estaría perdido.

Imaginé un mundo feliz en mi sistema demoautoritario, entre sus normas tendría el real saneamiento de las cárceles. Las prisiones se convertirían en empresas lucrativas que cotizarían en la bolsa de valores. Me imaginaba en una junta ante accionistas y autoridades del gobierno: ¿por qué creemos que el violador, el asesino, el ratero quedó mutilado para trabajar? ¿Por qué pensar que de ahora en adelante sólo puede hacer artesanías? Si revisamos el expediente laboral de un asesino en serie, nos sorprendería descubrir cuán meticuloso puede ser. Debe haber muchos pederastas buenos médicos, grandes cineastas asesinos, rateros genios en finanzas, que cayeron en prisión y, a mi juicio, deberían seguir teniendo empleo. Nuestro asco por los criminales nos ciega. Decimos, ah, el hijo de puta mató a diez, que ya no trabaje. En mi sistema demoautoritario todos tendrían la obligación de ser productivos, no como un mero entretenimiento ni para que el gobernador en turno se saque la foto con la escoria. A un asesino quítale la libertad, pero no su capacidad productiva. No lo hagas por él, hazlo por la sociedad. Desprécialo, maldícelo, deséale la muerte, pero no le impidas ser productivo, porque eso se vuelve en contra tuya y encima de que robó, violó o mató, resulta que le pagas techo y alimento. O eso o asumir la solución final. ¡Pena de muerte! Para presidente: Gil Baleares.

Era riesgoso seguir esperando. Algún vecino podía llamar a la policía.

Subí a explorar la azotea. Los apartamentos traseros del edificio contaban con ventanas dispuestas en un cubo cuyo fondo era el patio de uno de los apartamentos en el primer piso, ahí había tanques de gas, un lavadero y algo de ropa tendida.

Traté de imaginar cuál de esas ventanas podía ser la del apartamento 13. A través de las cortinas vaporosas de una de ellas, descubrí los muebles de una cocina. De pronto, apareció el mozo en ese sitio, con el torso desnudo, bebiendo leche directamente del envase, por sus ademanes, tenía aires de torturado.

Una voz, sin dueño a mis ojos, le gritaba, el mozo bebía leche y daba vueltas, hasta que terminó por arrojar el envase y taparse los oídos con ambas manos. Traté de inclinarme un poco más para ver a su interlocutor o escuchar el motivo de la disputa. No lo conseguí. Necesitaba estar más cerca.

Descubrí una cañería gruesa sujetada a la pared y atravesada por pequeños bloques de cemento que podrían servirme de escalones para mirar de frente aquella ventana. Lo difícil sería alcanzar el primer bloque; según mis cálculos, si me colgaba de la barda, había un metro con ochenta centímetros antes de poner un pie sobre ese escalón de cemento. Yo medía uno setenta y cinco.

Decidí correr el riesgo.

Deslicé mi humanidad del otro lado de la barda, enseguida comprobé que mis cálculos eran ciertos, me faltaban pocos centímetros para alcanzar el bloque y apoyar el pie, no quedaba más remedio que dar un pequeño salto para el hombre, pero uno grande para la humanidad…

Lo hice.

Algo me falló en el cálculo. Mi pie no cupo en el bloque de cemento y el tubo estaba tan podrido que se desprendió cuando me aferré a él. Abrazado al maldito tubo, me fui hacia atrás como un payaso de circo sostenido de una garrocha. Pasé junto a la ventana donde el mozo seguía discutiendo y donde, fugazmente, descubrí al otro individuo, pero sin mirarlo demasiado.

Caí dándome en la madre contra los cilindros de gas del primer piso.

El muro de ventanas que tenía enfrente comenzó a iluminarse como cartas de naipes. Algunas caras fueron apareciendo en las ventanas, pero la luz estaba detrás de ellas haciéndome borrosas las facciones, eran puras sombras de rostros y cabezas. Más allá del muro, el cielo me pareció límpido como descrito por Gutiérrez Najera, sentí ganas de irme en espíritu lejos de este mundo cruel o como decía ese mismo poeta en un verso que aprendí en la secundaria: «Quiero morir cuando decline el día, en alta mar y con la cara al cielo, donde parezca sueño la agonía y el alma un ave que remonta el vuelo».

78

—¿Quién está ahí? —preguntó una voz en una de las ventanas.

—Hay que llamar a la policía —dijo otra voz.

Giré la cabeza y descubrí dos puertas con ventanas. Dos buenas posibilidades para salir huyendo, pero mis piernas no me respondieron cuando intenté ponerme de pie.

—¡Ay, maldito! —chilló una voz de vieja en una de las ventanas del patio.

Me volví y vi un pelambre loco en una de las ventanas. La cara de una anciana de ojos redondos se fue aclarando a mi vista.

—¡No te muevas! —ordenó.

La oí claramente descolgar un teléfono que, quizá, estaba junto a ella. Marcó sin dejar de verme. El disco del teléfono se oía regresar como los antiguos con ruidos de ruleta.

—¡Un fulano me quiere violar, vengan pronto! —gritó la vieja.

Me hubiera reído del chiste si no es porque temí haberme partido el espinazo. Tuve que decidirme por un movimiento brusco. En dos segundos y un crujir de espalda, estuve en pie.

—¿Adónde vas? —reclamó la vieja.

Salí corriendo por la otra puerta que me condujo al largo pasillo del edificio y después a la puerta principal.

Un arco de lluvia me dio una bofetada refrescante en plena calle. Cojeé hasta el coche. Entré. Giré la llave, eché reversa hasta la esquina, mirando la puerta del edificio de donde nadie salió.

Luego de conducir unas cuantas calles y avenidas, caí preso en un nudo de coches y camiones. Recargué la cara en la ventanilla, pedía piedad, las gotas resbalaban por el vidrio deformadas en luces de semáforo.

Consideré seriamente buscarme la vida de otro modo.

El siguiente vía crucis fue subir la escalera de mi propio edificio. Al apoyar un pie sobre el primer escalón, sentí pisar el filo de una navaja que me entraba por la planta del pie y me subía hasta el centro de la columna vertebral. Debí tardar diez minutos en llegar frente a la puerta. Fui al cuarto del viejo, dormía tan apaciblemente que lo toqué para ver si estaba muerto. Su semblante ceroso, arrugado y tranquilo parecía el de un hombre al que los avatares de la vida ya no pueden perturbarlo.

Bendita sea la vejez.

Querido diario, meto un dedo en el frasco de calmantes, lo único que consigo es rascar el algodón cuya suavidad es pura burla a mi dolor. Decido tomármela con calma. Despierto tarde, enciendo la tele y veo cómo se preparan los chiles en nogada; primero que nada se les da una asadita en la sartén, después se desvenan, se rellenan de carne, manzana, pera, plátano macho, dulce de biznaga, uvas pasas. Se cubren con una crema de nuez y gajos de granada. Sabrosos. Cambio a un programa de concursos. Hay que saberse los países del mundo, sus capitales, Historia Universal. Ser especialista en armas de guerra, en los últimos días de la vida de Hitler y de Cristo, todo para que dos muchachas flacas y gigantes te den las llaves de un coche último modelo y te hagan sentir un hombre importante.

Sopor en el sofá, el dolor se va solo, me siento un perro de la calle apaleado por el mundo…

El viejo amanece torcido. Me patea un pie para que lo deje pasar. Va a la cocina, rompe algún vaso, mienta madres, regresa bebiendo leche con ron.

—¿Quién cagó en mi leche? —gruñe mirando el vaso.

Va al baño. Abre el grifo. El agua corre a gusto más de diez minutos, regresa con el cepillo dental metido en la boca. Coge otra vez el vaso y comienza a alternar cepilladas de dientes y sorbos de leche hasta que termina por meter el cepillo en el vaso y revolverlo todo en una pócima asquerosa.

No conforme, dice:

—Esto no sabe a nada. ¿Por qué no tiene café?

—Porque se acabó el chocolate —digo, jugando al mismo juego de sin razones.

—¡Yo mismo tendré que buscar esa pintura! —se queja y se va tarareando una canción de la que olvida el estribillo principal.

Suena el teléfono.

—¿No oyes que tocan, Gil? ¡Abre!

—Es el hombre araña, dice que se rasgó el traje con nuestra antena de la tele y quiere demandarnos.

—¡Hijo de puta! ¡Túpele un cabronazo!

—Ya se lo dio solo, cayó de la ventana y está muerto a mitad de la calle.

—Entonces cierra, no te vayan a decir que tú lo asesinaste.

Levanto la bocina.

—¿Señor Gil? —La voz me parece familiar—. Soy yo, Juanelo.

—¿Cómo conseguiste mi teléfono?

—¿Ya habló con don José Chon?

—Oye bien, Juanelo Patraña, no te confundas conmigo, soy un hijo de puta, soy…

Juanelo cuelga.

Mi padre aparece en calzones y con un destornillador en una mano. Sus ojos no tienen una mirada muy normal. Cualquier cosa puede sucederme. Coge una silla, se trepa en ella y comienza a ajustar las bisagras de la puerta. Al apretar el desarmador contra el tornillo, las venas del cuello se le tensan como cuerdas de acero debajo de la piel.

—¿Cómo va lo de ese tipo de la Costa?

—Del Moral, querrás decir.

—De la mierda. ¿Te pagó ya?

—Un anticipo.

—¿De cuánto?

—De diez mil.

—Entonces podrás prestarme cinco. Iremos al banco en cuanto termine con esto, necesito ese dinero.

—¿Para qué lo quieres?

El viejo se rasca el cuello, sonríe perdonavidas, da un salto de la silla. Hago un esfuerzo por no socorrerlo en caso de que caiga, eso podría enfadarlo.

Se planta frente a mí.

—Quiero el dinero.

—No lo tengo.

Da dos pasos haciéndome retroceder hacia una esquina.

—¿Y si te lo saco a hostias, cagabolas?

Lo encaro, cierra un puño e intenta conectarme un golpe en el pecho. Prefiero retroceder y cubrirme la cara. Se me viene encima y huyo. Viene detrás de mí, insultándome, giro para enfrentarlo, pero lo veo quieto, su boca se mueve sin lograr sacar palabras, sus ojos comienzan a hincharse junto con las venas en sus sienes. Lo llevo despacito frente al televisor, las imágenes en la pantalla se suceden como si la vida transcurriera normalmente, la receta de los chiles en nogada ha funcionado, el viejo contempla el platillo bien presentado con ojos de perro atento. Sin que nos demos cuenta, está recargado en mi pecho y yo le paso una mano por los hombros. Eso hasta que da un suspiro largo y me dice:

—Ahora vamos por el dinero.

Nunca le deseé más un ataque de alzheimer que cuando estuvimos frente al cajero, pero no llegó. La máquina me despachó mil quinientos pesos, billete sobre billete, nuevecitos. El viejo los cogió más rápido de lo que antes me lanzara el puñetazo. Los contó con agilidad de mercachifle y me preguntó por lo faltante, su voz sonaba a la de un padrote que inquiere a una golfa necia. Volví a marcar mi número confidencial, sabía que la máquina ya había soltado mi crédito del día, pero fingí no saberlo.

—Otra vez —ordenó el viejo.

Lo hice tres veces más. Nada. El Perro Baleares le metió un carajazo a la máquina. Afuera del cajero había un tipo impaciente por entrar. Cuando mi padre se dio cuenta, lo retó cogiéndose los huevos. El tipo se lo tomó con calma y sonrió, debió parecerle gracioso el anciano buscabullas. Yo bajé la cara avergonzado.

Otro golpe a la máquina, dos patadas más. Tuve que pararlo.

—Se acabó, no hay más dinero, confórmate con eso.

—Cierra el hocico, vamos a otro cajero y espero que esto no sea cosa tuya.

Debía aceptarlo, mi propio padre me estaba haciendo un secuestro exprés. Recorrimos la ciudad, de cajero en cajero, de norte a sur y de este a oeste, y en cada máquina el viejo se puso frenético porque la máquina no cumplió su capricho, terminó por cargarla contra mí, sacó a colación todos mis fracasos, el matrimonial, el escolar, el de hijo, el de policía.

Volvimos a casa. Tenía un plan: cuando el anciano roncara, le sacaría la pasta del pantalón para depositarla otra vez en el banco al día siguiente. Y un plan b: ponerle una almohada encima de la cara y verle agitar las piernas hasta que se quedara quieto. ¡Cabrón, hijo de puta!

Seis de la tarde. Regresé al edificio del mozo. Observé el movimiento un buen rato hasta que se me hizo familiar. Los inquilinos entraban y salían con normalidad del edificio, ninguno me pareció extraño. Una niña fue por refrescos, un anciano a pasear al perro, dos muchachos con patinetas rumbo al parque. A la media hora, el repartidor de gas entregó unos cuantos cilindros y se fue sin novedad.

Concluí que era hora de actuar. Subí al quinto piso, introduje una ganzúa en la puerta 13, se abrió más fácil que una ninfómana o una botella con la tapa rota. No había nadie en la sala, pero de inmediato sentí que no estaba solo. Algo parecido a un quejido perruno me hizo deslizar mi mano derecha a la parte posterior de mi cintura; palpé la cacha de la 45. La llevé junto a mi mejilla y tomé aire desde el fondo del estómago. Busqué la pared más cercana y, con la espalda bien pegada a ella, me acerqué a la primer puerta que encontré. Otra vez oí ese ruido, doloroso, quedo, largo. El aire se cortaba alrededor, yo escuchaba, pero no oía de cualquier manera, era como si metiera mi cabeza en una sordina y los ruidos se deformaran y me hicieran sentir drogado. La pistola latía con vida propia en la palma de mi mano. Estás de mi parte, le dije. No quieres verme muerto, lo sé, yo también te quiero, chiquita, así que salgamos juntos de ésta. No nos separemos nunca, nunca. Shh… Cogí la manija de la puerta, la giré en un solo movimiento e irrumpí en el cuarto, apuntando de bulto.

Un tipo desnudo giró sobre la cama, el que estaba debajo me clavó una mirada ardiente, pero no se movió. Tenía el semblante al rojo vivo y el pelo revuelto en la cara. Ambos formaban una maraña de brazos, piernas y cuerpos enroscados.

Bajé despacio el arma y di las órdenes:

—¡Tú, el de arriba! ¡Ven conmigo!

El tipo cogió su pantalón del respaldo de una silla y comenzó a ponérselo a tropezones.

—¡Rápido! Y no me mires tanto —le advertí—. Y tú —le dije al otro— ¡no te muevas de esa puta cama! Si te paras, te reviento.

Me devolvió una mirada de hielo que seguía contrastando con sus mejillas incandescentes, pero se quedó quietecito.

Llevé al fulano por la sala y los tres dormitorios del apartamento a punta de cachazos, preguntándole por Alicia del Moral. La verdad es que no oía sus respuestas, ni tampoco me importaban mucho, supongo que estaba nervioso y sólo me interesaba darle un par de golpes. El cabrón se cubría la cabeza con las manos y eso me invitaba a darle más leña.

—¡No sé quién es Alicia! —chilló sinceramente.

Le observé de frente, recordándole cuando trapeaba el piso cerca de los baños del Vips, ahora tenía un aspecto distinto, tanto que me pareció otro sujeto, pero yo sabía que era el mismo y que el miedo era lo que le deformaba las facciones.

—¿Dónde está el que se llevó el dinero? —le pregunté.

—¿Qué dinero?

Le di un cachazo.

—El que se llevó el rengo del baño…

Me miró fijamente. Le metí otro cachazo, esta vez le abrí la frente en una línea vertical. Lo cogí del cuello y lo llevé a la última habitación, un cuarto pequeño donde había un burro de planchar, la plancha estaba encima del burro, había ropa sobre un mueble y el olor a humedad picaba la nariz. Le dije al mozo que se quedara ahí en lo que iba por su capullito. Di un giro decidido y recibí un cabezazo seco en medio de la cara. Me desplomé. Al reaccionar, Yayo estaba encima de mí, todavía desnudo, lanzándome mordiscos, golpes y gritando como histérico, sus dientes buscaban mis brazos, orejas, piernas, nariz, boca. No paraba de gritar y de morderme sin piedad. Yo intentaba llegar a su cara con las manos, pero me encontraba con sus dientes. A cierta distancia, el mozo se cubría la cara con las manos.

—¡No más golpes! —le suplicaba a mi atacante—. ¡Déjalo ya!

Yayo no se detuvo, sus dientes se engancharon en una de mis tetillas y el dolor me hizo desmayarme. El desmayo fue muy corto. Al abrir de nuevo los ojos descubrí que las cosas

85

empeoraban: Yayo intentaba meterme en la boca mi propia pistola, golpeándome los dientes para que los separara, en cualquier momento se le saldría un tiro y mis dientes se separarían con suma facilidad, lo mismo que la carne de la garganta.

Escuché un golpe seco. Un disparo, pensé, el marica me ha matado y aún no siento el dolor... Los ojos de Yayo dibujaron sorpresa, se puso de pie maquinalmente, se dio la vuelta no con el cuello, sino desde la cintura y le vi la nuca abierta en tajo.

El mozo sostenía la plancha.

—¡Quietos todos, cabrones! —ordenó una voz vulgar.

Dos policías irrumpieron en la puerta.

Yayo corrió hacia ellos lanzando un gruñido horripilante. Uno de los policías se quedó pasmado, pero el otro no se esperó a ver si el grito se volvía cuchillo, descargó tres disparos de su sonora pipa 38 en el cuerpo de Yayo, haciéndolo sacudirse. Una de las balas le salió por la espalda, otra le atravesó una pierna y la última lo hizo girar, pero Yayo se quedó de pie.

El mozo también permanecía de pie, la plancha en su mano escurría sangre.

Los policías se mantuvieron agazapados en sus sitios por lo menos tres segundos más, justo el tiempo que le tomó a Yayo desplomarse encima de mí.


Once menos diez de la noche, octava delegación de policía. Atmósfera: paredes verde pálido, salitrosas, adrenalina, voces alteradas, gente pedorra y modorra por todas partes, arrumbados en las sillas, esperando turno para denunciar o ser denunciado, un hombre de corbata con un cabronazo en la frente, una mujer sin un zapato, un muchacho mirando fijamente las piernas peludas de una secretaria, el ministerio público con pelo grasoso y brillante, otra secretaria de medias color humo y zapatos blancos, que tecleaba en una Olivetti descomunal, de teclas sucias y desprendidas.

—Nombre.

—Gil Baleares.

—¿Qué hacía en el apartamento de los señores?

—Siguiendo pistas, soy investigador privado.

—¿Conocía a los hombres que atacó?

—No los ataqué, me defendí, uno me quería merendar y el otro le dio un planchazo.

—¿Por qué entró al apartamento?

—Eran sospechosos.

—¿De qué?

—No puedo revelarlo.

—Si lo dice, puede que se ahorre pasar la noche aquí…

—Secuestro.

—Vamos a ver, señor Baleares, hay algo que acredite que es investigador privado…

—Mi credencial. Tómela.

—¿Policía Judicial?

—Sí, señor.

—Expiró hace siete años.

—Ahora trabajo por mi cuenta…

—¿Tiene algo que agregar a su declaración?

—No, ya quiero irme a descansar.

—Queda detenido.

—¿Por qué?

—¿Cómo por qué?

—Sí, ¿por qué carajos?

—Por allanamiento en propiedad privada, agresión física, falsedad de cargo oficial y lo que vaya saliendo.

—¿Lo que vaya saliendo? ¿Qué es esto? ¿Una barata de ropa o la jodida delegación donde se imparte justicia?

—¡Quítenme de aquí a este huelepedos!

Υ

Un médico me inyectó la vacuna contra el tétanos. Hice dos llamadas, una a mi padre, que no contestó el teléfono, la otra a Carmelo para decirle que me trajera mi agenda de teléfonos, una cuartita de ron y cincuenta pesos de soborno para que le dejaran pasar el ron.

Me pusieron en los separos previos a chirona, junto a otros tres fulanos que no miraban a nadie. Carmelo no tardó en llegar. Me fui sobre la botella y la dejé a medias de dos tragos.

—Tu padre no pudo venir, Gil. No se acuerda de ti. Lo siento.

—Dame mi agenda… Sí, aquí está. Mira, este señor, Tito Campos, es mi abogado, háblale, dile que venga a sacarme.

—¿Algo más?

—Nada, gracias por todo.

—Mañana te traigo un par de DVD de orgías y mamadas…

—No estoy para puñetas, sólo tráeme a mi abogado.

—No son para ti, son para los guardias, vieras con qué ganas de dar servicio cogieron los cincuenta pesos…

—Mejor échale un ojo a mi padre, no le digas que estoy aquí, invéntale cualquier cuento…

—No desesperes, amigo, piensa que tarde o temprano las cosas se enderezan…

Lo que me faltaba, el jorobado dándome lecciones de rectitud. Cuando se marchó, sentí frío en el alma. Busqué dónde sentarme, lejos de los otros fulanos, aunque ya lo dije, ninguno se metía con nadie, cada cual traía bronca y confusión consigo mismo. Empiné la garrafita hasta darle matarile.

Casi de madrugada llegó Tito Campos, jovial y con el mismo abrigo que le conocí en los años ochenta.

—¿Otra vez aquí, hombre de Dios? —me preguntó hilarante.

Me pidió siete mil pesos y que le contara lo sucedido, no porque le hiciera falta para resolver el caso, sino por mero chisme. Le dije las cosas tal y como fueron. A las nueve de la mañana, salí bajo fianza y con la boca apestosa y seca.

Afuera de la delegación, acariciado por el sol sin fuerza, acepté que la vida me había vapuleado, pero era un terco que seguía queriendo un Tsuru Nissan color plata.

CUANTO MÁS LEJANOS NOS SENTIMOS DE NUESTROS SUE-ÑOS, MÁS CERCA ESTAMOS DE ALCANZARLOS, rezaba un anuncio panorámico.

Quise pensar que los ángeles me estaban dando ese mensaje. Las tripas me chillaron de hambre.

La noticia de mi incursión en aquel apartamento apareció en un periódico vespertino que se vendía como si lo regalaran. Cogí un ejemplar en el kiosco, sobre el que se estampaban sonoros goterones de lluvia. En primera plana había tres fotos: la de Yayo cocido a balazos, la del mozo, sosteniendo la plancha con cara de yo no fui, y la mía preso en la Octava Delegación. Afortunadamente, aparecía cubriéndome la cara con un brazo. LÍO DE MUJERCITOS, decía el corrosivo titular. Más adelante, la nota señalaba que mi «amante», Yayo, se debatía entre la vida y la muerte en el hospital 20 de Noviembre a causa de mi mal carácter, y que nuestro tercero en discordia, un tal Óscar Sánchez, al que teníamos planchándonos las camisas y de «juguete sexual» se nos había revelado.

Una tarde, me abordó un periodista afuera del café Los Bisquets de Álvaro Obregón. Disparó dos fotos en mi cara y varias preguntas sobre lo sucedido. Le advertí que si no se apartaba de mi camino, su cámara le estaría sacando fotos a su intestino grueso.

—No se avergüence —dijo el socarrón—, usted sólo defendió lo suyo. Cuénteme los detalles…

Lo cogí por el cogote y lo estrellé contra el filo de la esquina de la calle Madero y Lázaro Cárdenas. Si alguien busca con cuidado, ahí deben seguir sus dientes. Debí ignorarlo. No me levantó una demanda, pero el periodicucho cargó las tintas en mi contra. Hizo pública mi participación como investigador privado en el secuestro de la joven de Lindavista. La nota saltó a los noticieros de escándalo en la televisión y de la telebasura de nuevos a las calles, donde *vox populi* hizo del secuestro de Alicia del Moral, cotilleo insulso. «La tragedia es que no hay tragedia», decía una frase por ahí refiriéndose a ese tipo de dramas despojados de su esencia por la maquinaria rapaz de los medios de comunicación y la ignorancia de las masas. ¿Estaba yo implicado? ¿Habíamos planeado Yayo y yo el secuestro de su sobrina para largarnos a vivir nuestro querer a San Francisco? ¿Fue Óscar Sánchez, trabajador del Vips, la manzana de la discordia? Todas esas preguntas quedaban en el aire.

En contrapunto, a mi padre le había dado una racha de cordura y no la cargó contra mí.

—Tú tranquilo, cachorro —me llegó a decir—, yo también me las vi cabronas; siete veces caí en chirona, acusado de todo lo que te puedas imaginar, robo, crimen organizado y desorganizado, de meterle mano a muchachitas, pura babosada, y mírame, aquí sigo, bien plantado, me hicieron lo que el viento a Juárez…

Llegó el martes y, desde luego, no pude cobrar el cheque de Del Moral ni sacar el Tsuru de la concesionaria. Mi moral terminó por derrumbarse. Si me levantaba de la cama, era sólo para alcanzar el botellón gigante de Bacardi que Tito Campos me regaló cuando salí de chirona y que, en realidad, me costó siete mil machacantes.

Una noche en que abrí los ojos sorprendí a mi padre, mirando los mordiscos renegridos en mi cuerpo, no dijo nada, pero meneó la cabeza con tristeza y cierta repugnancia; creo que las noticias le habían hecho dudar de si su hijo era medio putillo.

Aquella mañana, decidí poner punto final a mi aislamiento, oí cantar al viejo en la cocina mientras preparaba huevos, café y pan tostado. Impostaba la voz al estilo Jorge Negrete, se sabía un repertorio infinito de trozos de boleros: Agustín Lara, Los Panchos, Gonzalo Curiel, todos ellos pasaron por la voz del viejo, supongo que destrozados como carne molida en una máquina, aunque la verdad me importaba un pito las versiones originales o las que mi viejo machacaba sin piedad.

—Ven a la mesa, cachorro. Te dejo el desayuno, yo voy a dar un paseo por ahí.

Se marchó bañado en su olorosa Colonia de Naranja. Según él, había encontrado un grupo de ancianos que tenían ganas de vivir a todo tren; iban al cine, bailaban danzón a la Alameda, tomaban cursos de informática, veían películas de acción, en fin, según el viejo, se dedicaban a recuperar su juventud perdida. Y él lo estaba consiguiendo. Parecía rejuvenecido, de buen humor, su pelo platino le sentaba mejor que nunca, hacía ejercicio y parecía recuperar tono muscular. Yo, en cambio, me convertía en un viejo decrépito a toda prisa, de pronto, como preparar café soluble, ya está, ya tienes canas, hemorroides, rechinas cuando te pones de pie.

No hay mal que dure cien años ni periodismo que lo aguante. El escándalo de «mujercitos» cayó en las páginas rinconeras de los diarios. La última nota que leí al respecto escribía mal mi apellido, Cazares en vez de Baleares y venía junto a un crucigrama, eso me indicó que estaba de regreso a la benigna mediocridad del anonimato.

Leí una entrevista a un ex policía, tema: el secuestro en México. Algunas bandas de secuestradores se la tenían sentenciada y vivía escondido.

**Periodista:** ¿Cómo define lo que está pasando en México?

**Informante:** Como una serpiente enrollada, nadie sabe dónde tiene la cabeza y dónde la cola.

**Periodista:** ¿Qué tan venenosa es la serpiente? Porque bueno, ya sabemos que hay lombrices de agua puerca y coralillos, ja, ja, ja...

(El periodista se hacía el gracioso y le quedaba tan mal como a los jodidos animadores de la tele.)

**Informante:** Le aseguro que ésta es de cascabel...

**Periodista:** Las víboras también mueren, ¿no lo cree?

**Informante:** Eso se oye a título de película de los años setenta, y esto no es un juego, la gente sufre, vive en la total incertidumbre, el secuestro equivale al terrorismo, es un cáncer social.

**Periodista:** Debe haber alguna forma de acabar con el secuestro.

**Informante:** Si quiere que me ría, no hacen falta chistes negros.

**Periodista:** ¿Qué me dice de los policías honestos?

**Informante:** Otro chiste negro. Nadie entra en una cloaca sin salir oliendo a mierda. Los honestos están en los panteones o escondidos, como yo, o en las oficinas de la Policía Judicial, son fantasmas que prefieren limpiar los botes de basura de los escritorios y estar bien con los de arriba. ¿Qué ganarían si se meten de héroes? ¿Un tiro en la cabeza? ¿Poner en peligro a sus familias? ¿Qué ganarían?

**Periodista:** Una condecoración. Servir a su país. Un aumento de sueldo. También hablamos de vocación por la justicia.

**Informante:** Se está burlando, ¿verdad? Mire, amigo, éste es un negocio especializado para gente emprendedora. Secuestro exprés, tradicional, virtual, colectivo, individual, de personas, animales y hasta de gente que no ha nacido, embriones para que me entienda. La especialización no llegó por azar. Fue planeada por gente que estudió MBA, en Harvard. Desde las cúpulas de poder. Como modo alternativo de riqueza ante la falta del botín político de otros años. El negocio de hoy es la libertad. ¿Quieres libertad? Cuesta. ¿No puedes pagarla? Piénsatelo bien. Se trata de tus seres queridos como dicen los que venden criptas. Siempre hay el chance de que pagues en plazos. Esta vida es uno de esos juegos de Serpientes y Escaleras, ¿no lo recuerda? Coges los dados, tiras y avanzas por las casillas. Te tocó una serpiente y caes. ¡Buena suerte! Una escalera y vas para arriba. La ciudad es el tablero; nosotros los jugadores; las serpientes, los secuestradores.

Periodista: Me gusta la metáfora, ¿y las escaleras?

Informante: Un golpe de buena suerte, un salvoconducto.

Periodista: ¿Salvoconducto?

Informante: Intocables, gente a la que no se le priva de la libertad. Póngalo de este modo, hay rateros de cuello blanco que no pisan la cárcel, ¿por qué iban a pisar el cuarto oscuro de una casa de secuestrados?

Periodista: Sí, ¿por qué?

Informante: Amigo, ¿es tonto o se chupa el dedo? Otra pista, ¿le parece lógico que en un país del Tercer Mundo tengamos a los más ricos del planeta? ¿De veras cree que son genios de las finanzas?

Periodista: ¿No está exagerando un poco?

Informante: ¿Conoce a alguien que esté limpio? ¿Algún familiar o conocido que no haya sido víctima de secuestro?

Periodista: Dígamelo usted que es el entrevistado.

Informante: Ya sabe la respuesta.

Periodista: ¿Hay alguna forma de cambiar las cosas?

Informante: No robarás y no matarás, lo dice la Biblia. Con esos dos mandamientos los demás te los podrías pasar por el forro de los huevos y llegar al cielo tranquilito. ¿Sabe que los suizos tengan broncas de secuestro?

Periodista: No.

Informante: Porque los suizos cumplen esos dos mandamientos, no robar y no matar...

93

♈

Llamaron a la puerta.

Dejé el periódico en el sofá, me levanté de la cama, fui descalzo y abrí. Era José Chon. Me puso en las manos una caja con una tarjetita que decía una frase cursi sobre la amistad. Abrí la caja, contenía un volumen de la Biblia.

Le invité a un refresco y, por no desentonar, yo bebí lo mismo.

—¿Sabes que hay alguien que te ama?

José Chon me habló de Cristo. Cuando terminó, le pregunté:

—¿Crees cierto lo que los periódicos han dicho sobre mí?

Se encogió de hombros.

—Me conoces desde hace veinte años, cabrón…

—No soy quién para juzgarte.

—Eso sí.

Me sugirió leer un pasaje sobre Sodoma y Gomorra y pasó a lo siguiente, quería saber por qué el vago seguía molestando a Prudencia. Ni siquiera se dignaba a llamarlo por su nombre, Juanelo. Aunque tampoco a mí se me fijaba mucho en la cabeza.

—¿Por qué no lo invitas al templo? —No pude evitar el comentario irónico.

—Dile que deje en paz a mi hija, ella no es para changos como él.

—No me pareció mala gente.

—No tiene clase.

Ah, cabrón, eso sí que daba risa, el taquero hablando de clase, sólo faltaba que inventara los tacos a la termidor o las quesadillas flamboyán.

—Ser honrado es cosa grande en estos días, José Chon…

—¿De parte de quién estás?

—Hablaré con él de nuevo, creo que no fui lo bastante

duro. ¿Quieres que le rompa un brazo o le saco un ojo?

—Sólo apartarlo de Prudencia, ella va a tener otro futuro. A ese chango no le deseo ningún mal, es hijo de Dios como todos, pero debe juntarse con los de su clase.

—Vale.

—Y recuerda, la Biblia…

Me dio una palmada bonachona y dijo que debía volver a la taquería. Aprovechando su ataque de buen samaritano le pedí de nuevo la receta de su salsa. Me mandó al demonio como siempre. Abrí la Biblia donde me había dicho. Ese día me enteré de Sodoma y Gomorra con lujo de detalle, esos cabrones sí que sabían divertirse.

Volvieron a llamar a la puerta.

Esta vez era Ana.

—¡Hijo de puta! —Se me fue uñas por delante.

—¿Tenemos algún problema?

—¡Tú lo tienes! ¡Le rompiste la nariz a Ferni y te vamos a denunciar!

La verdad, ya no recordaba ese detalle. Fui al grano:

—Te mintió, no tiene cáncer, tiene una gonorrea del carajo, se la pegó no sé qué fulana y por eso anda escondiendo su pájaro gordo y sucio. ¿Te sabías ésa?

Ana guardó un silencio feroz, desconcertado, sus ojos negros brincaban de un lado a otro sin encontrar dónde detenerse hasta que se posaron en los míos.

—Sólo te digo algo —me advirtió con la voz temblorosa e insegura—, ya van tres veces que le operan la nariz, si no le queda bien, prepárate. Pagarás cirugía mayor.

Dio la vuelta y se marchó.

Fui al baño. Era hora de afeitarme y volver al campo de batalla. Otra vez tocaron a la puerta. Me quité la espuma con la toalla y fui a la puerta maldiciendo. Un hombre y una mujer me miraban de arriba abajo. Habían coincidido, pero venían por motivos diferentes.

—Soy Felicity Guzmán, de Master Age Care. —La mujer, de vestido sastre y masculino, estiró su mano de dedos picudos para saludarme.

—Y yo Marcial Oviedo, de la Policía Judicial —dijo el hombre, un sujeto ancho, pulcro y vestido de traje Hugo Boss.

—¿Hablamos otro día? —reculó la mujer, atemorizada, largándome su tarjeta.

La cogí. Ella hizo mutis, el poli y yo la escuchamos taconear deprisa los escalones. Luego de esa pausa, Marcial se invitó a pasar por sí mismo. Echó un vistazo a su alrededor. Cogió una silla. Le pasó la mano para tirar las moronas de pan y se sentó con el respaldo por delante. Iba a decirme algo, pero un ruido de grillos le detuvo, era el sonido del teléfono móvil.

Se fue a hablar por ahí. No tardó en regresar.

—Necesito que me ponga al tanto de lo que haya investigado sobre el secuestro de Alicia del Moral, si tiene algo escrito mejor aún, no omita detalles, sea concreto y acabaremos pronto.

—Creo que se equivocó de hombre.

—¿No es usted Gil Baleares? ¿El tipo que salió en los periódicos por el asunto de los maricones?

—Eso fue un error.

—No se preocupe, lo de marica es asunto suyo, sólo me importa Alicia del Moral.

—Si no se va de aquí, la va a pasar muy mal —le advertí.

—Ahora yo estoy al cargo, Gil. —El móvil volvió a sonar, esta vez no lo contestó—. Quédese tranquilo, convencí a los Del Moral de no levantarle una demanda por haber puesto en peligro la vida de su hija y mandar al hermano al hospital lleno de agujeros.

—¿Ellos lo contrataron?

—Nadie me contrata, soy judicial.

—¿Y qué fue de los dos fulanos que ya estaban en el caso?

—Las preguntas las hago yo.

—Y si quiere le sirvo un whisky y le limpio los zapatos. No me joda.

—No hizo nada, es eso, ¿verdad? Le sacó lo que pudo a esa gente por no hacer nada, les mareó la perdiz, les hizo perder setenta mil pesos, todo por la recompensa…

—Ya debería saber que aún no me han pagado un clavo.

—No hablaba de dinero, Gil. Hablaba de comida, trago, un paseo a Tres Marías, la pasó lo mejor que pudo hasta que la cagó…

Cogí por el cuello al fulano. Iba a arrastrarlo hacia la puerta, pero él movió la boca como si me lanzara un beso, luego me machacó de un pisotón los dedos del pie derecho, lo tenía descalzo. El dolor me dobló de rodillas. Marcial me dejó sujetarme de sus pantalones de buena tela.

—Cabe otra posibilidad —dijo tranquilamente—. Que seas más listo, ¿ya te puedo hablar de tú?… Que te hayas embuchado los setenta mil del águila. Vamos a buscarlos juntos…

Me levantó por los pelos de la coronilla y con su mano libre me apañó el nervio del codo de un modo que me dieron ganas de cagar y de morir al mismo tiempo. Fuimos dormitorio por dormitorio, cajón por cajón, buscando el dinero inexistente. Al parecer eso de la ley del karma era cierto: me estaban haciendo lo que yo le hice al mozo de Vips, sólo me faltaban un par de cachazos para hacer más justo el karma instantáneo.

—¿Dónde está el dinero, Gil? No parece que te lo hayas gastado. Aquí todo está jodido y huele a mierda. —Metió mi cabeza adentro de un cajón hondo y lo cerró.

—¡Hijo de puta! —chillé desde dentro como muñeco de ventrílocuo.

—¿Dónde, cabrón? —Sacó mi cabeza sin abrir el cajón y me llevó a rastras hasta el baño.

Ahí me dejó sentarme en la taza de baño. Cogí mi pie y no

le vi forma al dedo pequeño. Marcial arrancó papel higiénico y se limpió la sangre del tacón con el que me había machacado el pie. Otra vez se escucharon los ruidos de grillos. Esta vez no contestó su móvil frente a mí. Hizo una seña de que me estaría vigilando y se largó.

Me zampé otro golpe de morfina y dormí tirado en el piso hasta que oí ruidos en la puerta. Escuché la voz de mi padre y de alguien más, quizá una mujer, ambas voces se fueron deformando en mi cabeza hasta convertirse en trozos de sueños sin historia, en reflexiones que no llevaban a ninguna parte, en oscuridad, vacío, agujeros en el espacio intergaláctico.

Cuando abrí los ojos por segunda vez, ya no había sol en la ventana. Le grité a mi padre, para saber si estaba en casa. No respondió.

98      Osiel Langarica había montado su pequeño paraíso en la azotea; barra de cantina de cinco metros, macetones con follaje, plantas exóticas y una jaula con una guacamaya en extinción. Miré a la guacamaya, esperando que me dijera algún insulto para yo decirle cuatro, mientras su dueño, vestido de guayabera colorida, me preparaba un bourbon con hielo hasta el tope.

—¿Cómo supiste que yo di esa entrevista, Gil?

—Por tus respuestas, típicas de ti.

—¿Y cómo me encontraste?

—Hablé al periódico donde te entrevistaron, tengo un conocido ahí.

—Puta madre, qué pendejo soy para cuidarme, cualquiera viene a darme un tiro. ¿Cómo está tu padre?

—Mal de la cabeza.

—Siempre lo estuvo.

—Ahora de otra forma. Necesito tu ayuda, Osiel, ando metido en una bronca sin patas ni cabeza.

—Estoy en retiro, lo siento. Además los malos me la tienen sentenciada. Ya aprendí a no meterme con los perros dientones, tú deberías hacer lo mismo.

—Haces bien —le dije, mirando su paraíso artificial alrededor—. Pero se trata de un amigo que te pide ayuda.

—¿Alicia del Moral? Yo también he leído de ti en el periódico, ja, ja…

—Necesito un informante, Osiel, uno que esté metido en los expedientes de la policía, uno limpio.

—¿A quién no le huele el culo en esa cloaca?

—No vengo a entrevistarte para que me digas lo mismo que al periodista. Si fuera cierto que el secuestro ya pudrió el país, se desmadraría el Sistema.

—El Sistema ya está desmadrado, ¿qué pasa?

—¿Qué pasa? Que la ciudad terminaría en caos, gente corriendo de aquí para allá mientras las calles se incendian y se viola y mata sin control, Sodoma y Gomorra. Eso es imposible, siempre debe haber un contrapeso, una conciencia, un alma limpia…

—Se oye bonito, mira, cabrón, hay tanto trabajo en secuestros que cualquiera puede entrarle y salir ganando plata sin sentirse tan sucio. Ahí te van varios puestos a ver cuál te gusta. Capturista: su tarea consiste en realizar base de datos; nombres, estados bancarios, teléfonos, direcciones; los consiguen con los empleados de los propios bancos. Vigilantes: averiguan hábitos y rutinas del ratón. Ejecutores: apañan al ratón; van drogados, tienen ganas de usar la fusca con cualquier pretexto. Inquilinos en busca de casa: consiguen donde llevar al ratón; tienen buena pinta, buen trato y modales, a lo mejor hasta son una linda parejita con hijitos. Chalanes: limpian los restos del aquelarre negro, ya sabes, lo que queda de las largas noches de tortura. Enfermeras: cortan dedos, mutilan con cuidado para que no haya infecciones; son un poco terapeutas porque, curiosamente, tratan a la víctima de buen modo, le dan pastillitas para cuando le viene el dolor de dedo mocho, le dicen que todo va a pasar pronto y aunque no lo creas hasta le dicen que no deje de rezar y de pedirle a Dios que las cosas salgan bien. Telefonistas: buenos para el cotorreo, para presionar y presionar y presionar. Esta última función la hace el cabecilla, el más protagónico, el que quiere pasar a la historia como Al Capone o El Tigre de Santa Julia. A final de cuentas, el grueso de la banda se mete un buen pastón de dinero, pero no sabe ni en qué gastarlo, andan a salto de mata hasta que les cortan la cabeza, la falsa cabeza, pues la serpiente se sigue moviendo.

—Mierda.

—Sí, mierda. La cosa es tener ganas de embarrarse, y si eres del estilo solitario, no te preocupes, aquí viene lo bueno. El Capturista no conoce a la Enfermera. El Chalán no trata con el Cabecilla, *The Big Boss* ni siquiera ha oído hablar del Cabecilla. De eso se trata, Gil, de trabajar limpiamente, de hacer lo tuyo, de ganar dinero y de ir a misa o a llevar a tus hijos al colegio en paz. Como el mamón de la tienda que te robó unos pesitos cuando te dio mal el cambio, como el que dice que trabaja duro y todo el día está rascándose los tompiates, ellos sienten que no le hacen daño a nadie, pues esto es lo mismo. Te diré otra cosa, Gil. ¿Quieres ser socio capitalista? Pon billete, con esa lana se compran armas, se rentan casas, se pagan sobornos, se junta para móviles, boletos de avión, lo que facilite y dé salud a las finanzas. Si todo sale bien, tendrás tus intereses puntuales en el banco de tu preferencia y si no, perdiste tu inversión, pero nunca llegarán a ti, eres intocable, eres el amigo del amigo del amigo del amigo, eres un padre de familia que regresa de su chamba para besar a los niños y follar con la esposita, eres el abuelito al que se le nublan los ojitos cuando la familia entera le canta el *happy birthday to you*…

—Escribe un libro con todo eso y ahora que ya mamé de

tu sabiduría, ayúdame. El asunto de Alicia del Moral es algo personal.

—Eso es lo peor que puedes decir, Gil, esa frase déjasela a Rambo o a Bruce Willis.

Bebimos un par de tragos. Me enseñó sus plantas.

—Ésta es una jara, aquélla una madreselva, ésta una lavanda, huélela…

Me mostró las tijeras adecuadas para podar, el mejor abono, el tipo de regadera que dispersaba bien el agua. Habló como un campesino sabedor de los ciclos de la naturaleza.

—Sol y agua, los dos grandes secretos de la vida —dijo doctamente, tocando con amor las hojas verdes de un ficus.

—No hay nada nuevo bajo el Sol —apostillé para no verme pendejo ahora que ya había hojeado la Biblia, pero no comprendió la cita y reviró:

—El Sol arriba, la Luna abajo, y a follar y a mamar que el mundo se va a acabar.

De su ayuda, nada. Osiel no quería comprometerse. Como recurso desesperado ofrecí darle la mitad de mi pago cuando todo terminara.

—Gil, Gil, amigo del alma. —Extendió los brazos abarcando la azotea—. ¿Crees que necesito algo más que esto?

Una mata de cabello dorado surgió en la escalera, después un rostro simétrico y por último el cuerpo espigadito de una veinteañera, alta como garrocha olímpica.

—Ginebra, ven a saludar a mi viejo amigo Gil Baleares.

La rubia me tendió su mano y me miró desde la profundidad de sus ojos color mar de postal para turistas.

—Ginebra es de Los Países Bajos.

—¿Y ésos dónde están?

—Nomás es uno, güey.

La chica me regaló una sonrisa tierna como un pan horneado, se puso al lado de Osiel. Parecía una planta más de aquel jardín en la azotea, Osiel un bonsái al lado de ella.

—¿Te quedas a comer, Gil? —me preguntó la chica en perfecto español. Nunca me gustó más mi propio nombre.

Osiel no esperó mi respuesta.

—Esa pregunta ni se pregunta, anda —le dio una nalgadita a la niña—, tráenos alguno de tus platillos deliciosos…

Entre chistes, risas y contar anécdotas del pasado le tuve envidia a Osiel, a su paraíso en la azotea, a su montón de botellas y a que era dueño de esa chica que se llamaba como mi bebida favorita de invierno. Ginebra regresó con varias latas de angulas, atún y calamares en su tinta. Osiel las abrió porque a la niña se le rompió una uñita y dijo ay. Comimos. Bebimos más. Esta vez cócteles que parecían la cabeza de Carmen Miranda.

—Me gustó tu metáfora de comparar lo del secuestro con el juego de Serpientes y Escaleras.

—Mi rey, ése es mi juego favorito…

—¿Por qué no me refrescas la memoria?

—Es fácil, se tiran los pinches dados y el que…

—No hablo del juego —interrumpí—, sino de la relación con el secuestro.

—Vas a disculparme, hermano, creo ya estoy pedo y así no me salen las ideas…

Yo también lo estaba un poco.

Salí de ahí sin promesa de ayuda, pero como dijera el tipo que me molió el pie y me tundió en mi propia casa, bebido y bien tragado, lo cual parecía ser mi única ganancia. Levanté la vista desde afuera del edificio. Osiel y Ginebra, abrazados en el filo de la azotea, movían las manos diciéndome adiós.

Regresé a casa. Empiné lo que quedaba del Bacardi. Mi padre entró silbando una melodía triste. Aunque parecía contento, usaba pantalones nuevos de pinzas y tirantes y con las presillas arriba del ombligo. Camisa de mangas cortas. Sus brazos viejos eran dos troncos, en uno lucía un tatuaje en forma de ancla que decía Acapulco 58.

—¡Lo lograste, chico! —exclamó al verme—. ¡Estás de pie!

Y

No sólo mi padre necesitaba camisas nuevas. Las mías estaban tan viejas como los pocos trajes que compré al dos por uno en uno de esos almacenes donde amontonan ropa en una caja y los don nadie como yo no aceptan nunca que no hay su talla y siguen escarbando pertinaces. Fui a fumar al rellano del edificio. No era un fumador, pero me hacía falta el golpe de los cincuenta mil venenos anexos al tabaco. El chiflón de aire me tocó la nuca e imaginé que la muerte me regalaba una caricia, cosa buena, al menos muerto podría cambiar de entorno y de demonios. En esas sabrosas disquisiciones estaba cuando el perro enano de Carmelo apareció y me miró con la lástima que me faltaba para completar mi día.

—¡*Jocoso*! ¡Ven acá! —Carmelo apareció detrás—. Has perdido peso, Gil —me dijo.

—Estoy a dieta.

—Pues cuídate, y si necesita algo, ya sabes…

Se fue y odié su compasión. «Voy a secuestrarle al perro —me dije—. Treinta mil aztecas o no lo vuelve a ver con vida, lo necesario para levantar mi cuenta bancaria.» Era hora de rascarle la joroba al jorobado e invocar la buena suerte. ¿Por qué no? Carmelo no tenía familia, su amor platónico era la muchacha de la tienda de helados La Michoacana. El perro enano, blanco, salpicado de manchas negras, de ojos suplicantes, lo era todo para él, prácticamente su único descendiente y heredero universal. Carmelo había heredado del hombre que lo recogió de niño, no mucha plata, pero lo suficiente como para vivir modestamente, pagaría sin rechistar.

Había un problema. ¿Dónde esconder al puto perro? Sus ladridos se oirían en todo el edificio si lo escondía en mi casa. Y qué decir de alimentarlo, me supondría gastos. Deseché la idea. Osiel tenía razón, se necesitaba un equipo de especialistas, no hay secuestro sin una red bien organizada. Vayamos por pasos. Capturistas, ¿quién indagó los estados bancarios de Mariano del Moral? Un vecino, el cartero, un *hacker*, a saber quién. Ejecutores, ésos, según me contó Del Moral fueron tres encapuchados que lo interceptaron a él y a su hija afuera del supermercado; se llevaron a Alicia a punta de pistola y a Mariano lo dejaron con la difícil tarea de volver a casa y decirle a su mujer: me salió cara la compra. Chalanes, enfermeras, los cargos se agolpaban en mi mente, rostros anónimos, esa gente que ves todos los días en el Metro o en la calle, cualquiera podía estar metido en la cloaca…

Necesitaba cualquier lugar por dónde comenzar. Se me ocurrió la cárcel.


El mozo de Vips, lucía su camisola caqui de preso del reclusorio Oriente como si la hubieran hecho a su medida.

—No soy tu enemigo, Óscar —le llamé por su nombre cuando me miró con ganas de ahorcarme—. En mi declaración dije que el planchazo que le diste a Yayo me salvó la vida. Pronto te soltarán.

—No me quiera dar atole con el dedo.

—Necesito una pista.

El mozo hizo una mueca de burla que se convirtió en tristeza, su mirada se posó en una pequeña ventana cercana al techo del salón de visitas donde estábamos.

—¿Sabes quién era el rengo con el que me tropecé en el Vips?

—De mí no va a sacar nada, me destruyó la vida.

—Si quieres que tratemos este asunto en melodrama, bien. ¿Me vas a decir que eras feliz con Yayo?

Guardó silencio.

—Te trataba como a un mojón de mierda.

—A lo mejor yo le daba motivos.

—Eso se oye a poca dignidad.

—Yo sé mi cuento.

—Tu cuento tiene mal final.

—Mi cuento es mi cuento, lo escribo como se me dé la gana.

—Tu cuento lo escribe Yayo, tú nomás pones la espalda para que en ella escriba con cincel.

El muchacho alargó la boca en algo que parecía una sonrisa amarga.

—Acepta al menos que te trataba mal…

—Acepto que tiene mal carácter, peor para él, un día le va a dar un infarto.

—Por el modo en que se sostuvo a pesar de los balazos me parece que nos va a enterrar a todos. Seamos sinceros, Óscar, te martirizaba, te ofendía sin razón, y cuando te agachaste a llorar diciéndole que dejara de pegarme, parecías un hombre que las ha pasado putas.

—¡Cállese! —bramó Óscar. Dio un suspiro muy largo y me contó algunas de las torturas a las que lo sometía Yayo, todas ellas despreciables, como ofenderlo en público, minimizar su hombría y obligarlo a acostarse con fulanos de mal talante para luego reírse de él.

Le dejé desahogarse, puse la mejor cara de compasión que pude, entonces me dijo lo único que sabía.

—Yo sólo trapeaba el piso, vi al cojo entrar al baño, poco después que usted. Él ya había estado ahí sentado varias horas, bebiendo café. No puedo ayudarlo más y tampoco quiero, usted me destruyó la vida.

Como volvía a la frase inicial me di cuenta que era hora de dejarlo contar los tabiques de su celda. Me levanté y le dije:

—Espero que salgas pronto para reconstruirla, es decir, tu vida, pero con alguien que te quiera bien…

Y

La mesera simpática del Vips se llamaba Areli, le recordé que me había ofrecido la promoción de café y pastel *light* por veintinueve pesos.

—Esa promoción se la ofrezco a todo mundo —dijo como frenando la posibilidad de que yo fuera un viejo verde en busca de acción.

Le dije que esa noche yo había caído a medio piso, entonces su cara reveló una sonrisa.

—Ah, sí, ya me acuerdo. Se metió un buen golpe. Las muchachas y yo nos reímos varios días.

—Me agrada saber que se entretuvieron. Escucha, Areli, esa noche había un hombre bajo, fuerte y rengo, yo iba detrás de él cuando me caí. ¿Sabes quién es?

Areli se encogió de hombros.

—Bajo, fuerte, un poco rengo —repetí.

—El Cachas —dijo una mesera que pasaba cerca, e hizo una cara de vergüenza por interrumpir la charla; ya iba a marcharse, pero la detuve:

—No, no, está bien, habla, eso es lo que estoy buscando, información.

—¿Policía o cobrador?

—Las dos cosas. ¿Quién es ese Cachas?

—Viene los últimos días de fin de mes, sólo toma café, se está aquí muchas horas, es amable con nosotras, a veces hace amigos, luego se va; es de los que están enamorados de sí mismos.

Esa última opinión me llamó la atención, no porque me dijera mucho, sino porque descubrí que la chica era observadora de la condición humana; después de todo, el mundo no estaba tan perdido, Sodoma y Gomorra tendrían que esperar antes de acabar con la gente inteligente.

—¿Cuándo creen que vuelva nuestro amigo?

—Ya se lo dijimos, cualquier día de fin de mes.

—Falta mucho para eso —me quejé en voz alta.

Areli miró hacia la barra, la estaban llamando un cliente.

—Un favor. —Saqué la última tarjeta de presentación que me quedaba en la cartera—. Llámenme cuando lo vean, pero que él no se entere.

Corregí la tarjeta con un boli, los de la imprenta le habían omitido una «e» a mi apellido, de tal manera que decía Balares en vez de Baleares.

Las meseras parecían emocionadas de estar metidas en un rollo de espías. Después me fui un poco más tranquilo. Al menos tenía la pista que andaba buscando, una pista a largo plazo, ciertamente.


Ocho, nueve, diez, once de la noche, mi padre no llegaba. Miré el noticiero, accidentes, terremotos, terrorismo, fraude electoral. Apagué la tele y la imaginación me llevó por las veredas del infierno. Tal vez mi viejo había sufrido uno de sus ataques de olvido y ahora miraba televisiones encendidas en un escaparate, arrobado en su propia soledad.

No debí permitirle ir en busca de su juventud perdida.

Pobre Perro Baleares, huyó a los nueve años de Tecatitlán Jalisco, se llevaba mal con el padre, llegó a la gran ciudad en los años cincuenta, aprendió a repartir cabronazos para ganarse los desperdicios de comida en los arrabales de la Merced. Lo había abusado un albañil, según contaba mi tío Graciano, no sé si sea verdad y si eso fuera la causa de su estilo mataputos y de su prepotencia, lo que no se puede negar es que tuvo el mérito de salir adelante aunque fuera para convertirse en un hijo de la gran puta.

Marqué el teléfono de Locatel. Dije el nombre, Ángel Baleares Treviño y de sólo pronunciarlo sentí que nombraba un muerto. La voz del otro lado de la línea me pidió un segundo. Lo concedí sin remedio. Escuché mover hojas de papel, suspiros que me anudaron el estómago. Los desaparecidos, los secuestrados, los desdichados que se perdían en las calles, los niños sin casa, los echados de ellas, todos juntos, todo su dolor, todo el dolor de esa gente me despedazó el corazón durante los agónicos segundos en que la voz tardó en decirme:

—No tenemos a nadie registrado con ese nombre.

Di las gracias, pero enseguida rectifiqué. «No tenemos a nadie con ese nombre.» Significaba que otros sí, que otros estaban muertos y que gente como yo esperaba, viendo correr la noche sin remedio. La ciudad es un oasis de pavor, un laberinto, una serpiente como decía Langarica. Distrito Federal, la ciudad más grande del planeta. Cierra los ojos, imagina sus calles, sus atajos, sus serpientes debajo de la tierra que recorren los barrios, nadie la conoce por completo, podrías cambiarte de zona, rehacer tu vida, tener siete familias en cada sitio y nadie se daría cuenta.

Al menos el viejo no estaba muerto… ¿Y si no se había llevado su credencial consigo y por eso no estaba en las listas de desaparecidos? Corrí a su habitación a revisar cajones. Una sensación de piernas quebradizas me hizo caer sentado en la orilla de la cama, su cama, donde apenas había dormido la noche anterior. Esa cama donde muchas veces imaginé que el viejo moriría.

Se había dejado la maldita credencial.

Coño, ¿qué podía hacer? Ya había hablado al único lugar posible, lo demás era salir a tocar las puertas de los vecinos, decirles de mi angustia, soportar las caras de quienes, cuando escuchan cosas perturbadoras, parecen temer ser contagiados por el virus de la adversidad y te miran como si estuvieras loco. Puta madre, cómo duele estar en esas circunstancias, cómo duele tanta gente junta que no sirve para nada… Un ruido de llaves me llevó, instantáneamente, del pánico a la alegría. Me dirigí a la sala, pasando de la alegría a la cólera.

El viejo brillaba como un sol.

—¿Dónde andabas? —le inquirí.

—En el cine con mis amigos, vimos una mierda de película oriental, pero nos divertimos echando trompetillas que encabronaban a la gente.

—¿Qué amigos?

—Los viejos y yo, ¿quiénes más?

—¡No puedes andar a estas horas por ahí, estás enfermo!

—Eso quieren hacernos creer, pero no debemos escucharlos.

—¿Quieren? ¿Quiénes?

—La familia, ustedes, nos tratan como muebles estorbosos, dicen que somos tercos, dicen que preguntamos veinte veces las mismas cosas como si eso nos hiciera retrasados mentales, se les olvida que ustedes hacían lo mismo cuando eran unos putos bebés cagones, ése es su famoso pretexto para mandarnos al asilo y no sentir ninguna culpa, nuestra vejez. Debemos alejarnos de su mala voluntad o terminaremos en la tumba antes de tiempo, revolución, chico, llegó la revolución de los viejos y se van a chingar porque estamos armados hasta los dientes.

«Hasta la dentadura postiza», pensé, pero me aguanté la risa.

—¿Armados con qué?

—Con el orgullo, ¿con qué más?

—¿Quién te ha dicho esas mierdas?

—Gente que vale más que tú.

—¿Y esa gente no te ha dicho que la vejez es la vejez?

—La vejez está aquí. —Se señaló la sien, luego rectificó—. Ahí. —Señaló mi cabeza.

—¿Y qué nombre se le puede dar a tus setenta y nueve años de edad, al alzheimer y a tener principios de osteoporosis?

Me vio con ganas de matarme, pero hizo un esfuerzo y sacó su sonrisa altanera. Encendió la radio, para su buena suerte encontró la música que le gustaba, de rompe y rasga.

—¡Juventud! —exclamó y dio una palmada. Hizo un gi-

109

ró de 360 grados sobre sus pies y comenzó a bailar al son de su son. Metió las manos a lo hondo de sus bolsillos, casi le cabían hasta los codos. Dio dos pasos de danzón y esbozó una sonrisa perturbadora.

«A éste lo drogaron», pensé.

—Ahora Charlestón. —Jugó con las piernas y las manos—. No habías nacido. Te perdiste de lo mejor. Pobrecito. Los veinte y los treinta, ésos fueron más macizos que los setenta. A los trece ya me había metido en la cama con tres fulanas y las dejé saciadas. ¡Nada de mariconerías psicodélicas! ¡Opio, hermano, opio! ¡Junk! ¡Junk! ¡Junk! —comenzó a gruñir llevando la espalda hacia atrás, alzando los brazos temblorosos al frente, regresando vertical y moviendo la cabeza como un pato. Era como ver una morsa vieja, un pingüino pedo, un antediluviano colocado—. ¡Baila, carajudo, baila! Pedro Infante, Tongolele, ésos eran los machos y las hembras. ¡Nada de andróginos! ¡Nada de La Hombre ni de El Mujer!

Permanecí callado, mirándole con un destello de compasión.

—¡Te pareces a tu madre! ¡Hasta lo bueno la hacía poner una mueca de haberle dado un sorbo a la cagada aguada de un perro!

—¡Miserable cabrón! —espeté.

—Digo la verdad, claro, ella tenía sus encantos, pero ésos no te los puedo decir porque soy un caballero —guiñó un ojo—, y los caballeros no tenemos memoria; cosa que yo cumplo sin lugar a dudas... ¡Baila, baila, baila! ¡Junk! ¡Junk! ¡Junk!

Esta vez agitó los brazos como un pollo e hizo girar sus pupilas en círculos cual negrito bailarín. Y cuando parecía cansado, me apretó la mejilla con fuerza, sacó la quijada y masculló:

—No debiste nacer.

La frase me golpeó fuerte, pero le reviré otra:

—No importa cuanto bailes, cabrón anciano, ya te queda poco de cerebro.

El viejo se detuvo. El baile le había costado medio tanque de gasolina. Su cara comenzó a desgarrarse, la música se siguió de largo, alegre, bulliciosa. Mi padre murmuró su propio nombre no muy seguro de que fuera suyo.

Quise pedirle perdón, pero las palabras no me salieron completas. De cualquier forma, el Perro Baleares ya se había ido de regreso al país de los olvidos.


Once de la noche, fui al cajero de la cafetería Sanborns, le pedí a la máquina un billete de cien pesos para meterme a beber un gintonic al bar, necesitaba recapitular lo sucedido, enderezarme, separar mis broncas personales del trabajo o estaría jodido. Al viejo debía darle por su lado, el que estaba mal de la cabeza era él, no yo. Y Alicia del Moral merecía una oportunidad de salir con vida, la misma que yo de montarme en un coche nuevo.

—Saldo insuficiente —dijo la máquina.

La sensación de orfandad fue peor que cuando creí a mi padre muerto. Digité los números por segunda vez. Igual que todos los pendejos, me dije: aquí hay un error.

—Saldo insuficiente —insistió la puta máquina con sus letras color ámbar en medio de la pantalla oscura.

Pedí que imprimiera mi estado de cuenta.

—$0.08.

Oí al diablo reír cerca de mi oreja.

Eché una mirada alrededor. La gente compraba de todo, iban de la tienda al café y del café a la tienda. Dos niños hacían rabietas en el piso, escupían a su madre, la llamaban puta egoísta por no comprarles unos globos metálicos con dibujos de monos japoneses. Un tipo se debatía entre comprar dos billeteras en la sección de artículos para caballero, una parejita se regalaba lociones y perfumes con botellas en formas de frutas sugerentes. La gente vivía en su mundo feliz y yo en un infierno del que nadie se daba cuenta, me retorcía incendiado, nadie lo sabía, nadie.

Cero treinta horas, las calles vacías, el Metro cerrado. No quería suicidarme, sólo llevar al viejo para arrojarlo a las vías. ¿O quién más pudo sacar ese dinero de mi cuenta? Otra posibilidad es que me clonaran la tarjeta. Mi padre no podía aclararme lo del banco, dormía. Soñaba a lo grande. Volaba al lado de sus amigos los ancianos revolucionarios, gastándose la plata de sus hijos que los consideraban muebles, cada uno de esos ancianos vestido de héroe de cómic. Hurgué su ropa, de sus pantalonzotes nuevos saltó aquel papelito con mi número confidencial del banco escrito a mano temblorosa. El viejo cabrón lo había memorizado la noche en que me llevó a todos esos cajeros. Imaginé la odisea que tuvo que pasar para no olvidar cada número hasta llegar a casa y apuntarlo. Él y su enfermedad frente a frente, él diciendo soy más fuerte que tú, la enfermedad ordenando olvida, olvida, olvida…

Me senté frente al Perro, en la oscuridad, hurgándome las muelas con el papelito. Ya no quería recuperar lo perdido, no quería luchar. Si no teníamos un peso en el banco, pediríamos limosna, a mi padre no lo verían mal, pues era un viejo, a mí, en cambio, me dirían ponte a trabajar, huevón, pero yo estiraría la mano, daba igual, estiraría la mano y valoraría cada moneda por pequeña que fuera.

El Perro Baleares se levantó a las nueve de la mañana. Lo oí bañarse, tararear una canción de marinero. Preparé el desayuno. Apareció con camisa y pantalones que todavía traían las etiquetas colgando. Mi dinero le estaba dando para eso. Se talló las manos frente al plato de huevos con jamón humeantes.

—¿Con qué putona te gastaste mi pasta?

Su mirada se llenó de furia, enseguida se convirtió en sorpresa. Abrió la boca grande. Estaba por responderme, la taza le tembló en la mano, el café se le vertió y le quemó la piel, pero no se inmutó. Me levanté para ayudarlo. Cogió un tenedor y se me fue encima. Alcanzó a pillarme el cuello con las puntas de metal. Su propio peso fue mi salvación, caí de espaldas con todo y el viejo encima, giré para tenerlo abajo y quitarle el tenedor. No hizo falta. El tenedor se había ido debajo de un mueble, mi padre estaba acurrucado entre mis brazos.

—¡Eres malo! —reclamó con voz infantil, pero cascada.

Había tristeza en sus ojos color piedra, no parpadeaba. Lo sentí frío, pegué mi oreja a su pecho y no escuché latir su corazón de perro. Lo cargué en brazos y lo llevé a su cama. Guardé una pausa absurda en la que le deseé la muerte de forma sincera y sin rencor. Después, llamé por teléfono al doctor Mena (que vivía en el edificio de enfrente). Le dejé la puerta abierta y regresé junto al viejo.

El doctor tardaba, no se me ocurrió otra cosa que darle puñetazos en el pecho al viejo y luego escuchar los resultados. Así lo hice al menos por tres minutos sin lograr otra cosa que cansarme y sentir mi propio corazón a punto del infarto.

—¿Qué estás haciendo? —reclamó el médico atrás de mí.

—Revivirlo.

—Vas a partirle las costillas. ¡Aparta!

Le tocó la yugular al Perro.

Papá abrió la boca y dijo con absoluta tranquilidad.

—Tecatitlán, Jalisco a 13 de mayo de 1936.

—¿Se siente bien, don Ángel?

El viejo hizo una mueca de dolor y se tocó las costillas.

Acompañé al médico a la puerta dándole las gracias.

113

—Son cien pesos —me dijo—. Ciento veinte si quieres recibo fiscal.

Quedé de pagárselos a media tarde.

Fui a al colegio de Bachilleres, plantel 4, en el barrio de Culhuacán, observé desde el coche a Prudencia salir de aquellas rejas grises. Habló un rato con sus amigas, tres muchachas de su mismo aspecto, veinte minutos más tarde, caminó unas calles y abordó un microbús, lo seguí hasta el Metro Taxqueña. Concluí que Prudencia se dirigía a su casa así que me adelanté en el coche y la esperé llegar. No me equivoqué, Prudencia apareció a la media hora, sola, sin moscardón. La nena estaba en casa, yo no tenía nada que hacer ahí.

Al cruzar la puerta, me encontré a Osiel Langarica y a Ginebra sentados en la sala con mi padre. Él en medio de ambos, contemplando un álbum de fotografías.

—Mire, Perro. —Osiel lo llamaba por su apodo sin problema alguno—. Las Pirámides de Egipto.

—Carajo, ¿para qué ir tan lejos si aquí tenemos de ésas?

—Pero no con momias dentro; mire, Perro, aquí estamos en Salamanca y este par de pinches estatuas de fierro son del ciego y el Lazarillo de Tormes, nos retratamos debajo, salimos borrosos porque le dimos la cámara a un pendejo chino que no sabía usarla y nomás se reía con sus dientotes chuecos.

El viejo y Osiel rompieron a reír y dejaron de hacerlo de súbito, al verme en el marco de la puerta.

Ginebra también me observó, ella sin burla, más bien con curiosidad.

—¿Entraste flotando o qué carajos? —me preguntó mi padre.

Otra vez las risas.

—No te quedes ahí y tráenos algo de beber, no encontré el ron.

Seguí escuchando la sesión de fotos desde la cocina.

—La torre Eiffel. ¿A poco no está chingona, mi Perrito? El que la construyó se llamaba igual.

—¿Perrito?

—No, Eiffel. Y ésta es Notre Dame, la iglesia es como la que sale en Batman. Y ya por último, llegamos a la tierra de Ginebra. Mire qué bonita ciudad, allá la gente no tira basura y es moderna; si usted le gusta a una mujer, ella misma se lo dice y se lo tira y punto.

—Eso ya me va gustando. ¿Crees que si voy me consiga a la gemela de esta lindura?

Ginebra lanzó una risilla.

—¿Ahí la conociste?

—Sí, al principio del viaje, yo iba solo, luego me la llevé al resto del viaje y regresamos a decirle a su mamá que me la traía a México.

—¿Y te la dieron así nomás, pues de qué te vieron cara, de narcotraficante rico?

Oí a Ginebra lanzar otra risilla.

Hice ruidos en la cocina para que supieran que buscaba la botella, pero yo sabía de antemano que no había ni gota de ron. Volví a la sala con las manos vacías.

Mi padre me taladró con una mirada de vergüenza. Osiel sacó el móvil, marcó y le pidió a un taxista que trajera a casa un par de Daniel's. Me sentí humillado, pero también contento. Me acerqué a mirar las fotos. Ginebra observaba mis reacciones, no se lo tomé por coquetería sino por compasión. El par de tórtolos habían estado en España, Italia, Francia, Egipto, Grecia, Turquía, Hungría y los Países Bajos. Las fotos se las habían hecho siempre con dos tipos de telón de fondo, lugares históricos muy conocidos y fachadas de McDonald's.

Osiel usaba camisetas con frases absurdas, Ginebra faldas cortas de algodón, parecían abuelo y nieta o padre e hija, si se quiere ser menos cruel.

Llegó el taxista con las botellas de Daniel's. Osiel pagó hasta la propina. Tomé la delantera y me serví el primer trago.

Sonó el teléfono.

—Es para mí. —El viejo se lanzó, ansioso, al aparato.

Callamos, pero cuando nos dio la espalda, hablamos alto, pues era evidente que el viejo no quería ser el foco de atención. Mientras hablábamos de las fotos, escuché al viejo decir, le tumbo los dientes de un carajazo si se opone. Supuse que se refería a mí.

Regresó a beber, pero el teléfono siguió timbrando y él volvió varias veces a contestarlo. Las llamadas lo fueron poniendo de mal humor.

Le advertí con una mirada que bebiera más despacio.

—Cállate y sírveme.

Osiel me hizo una señal discreta. Salimos al balcón. Él recargó los codos en el barandal y, mirando a la distancia unas nubes muy delgadas al ras de los edificios, dijo:

—Los policías que te querían chingar están con los hermanos Mendizábal.

—Estoy jodido entonces.

—Ya lo has dicho, no te metas con ellos, no por la mierda de dinero que te van a dar los Del Moral.

—No es ninguna mierda.

—¿Qué te compras con veinte mil pesos? ¿Un viaje a Acapulco para traer arena en los calzones? —Al verme herido, rectificó—. Perdóname, tu padre me lo dijo.

—No, no, no hay bronca, pedí poco porque esa gente no es tan rica como se cree, sólo tienen su fábrica de dulces…

—Gil, me duele verte así, cuando estábamos en la policía siempre pensé que eras de los honestos. No merecías que te echaran.

—No me echaron, me fui cuando vi que estaba rodeado de puros ojetes.

—¿Lo dices por mí?

—¿Por qué piensas eso?

—Es que lo dijiste mirándome a los ojos.

—Yo siempre miro a los ojos cuando hablo.

—Tranquilo, andas muy alterado. Si quieres un préstamo, yo te lo doy y dejas ese trabajito jodido. Para eso están los hermanos, ¿no?

No cabe duda que había tratado de infundir solidaridad a sus palabras, las piernas me flaquearon, yo tenía dos opciones, una decirle que sí y echarme a llorar en su hombro, la otra lanzarlo por el balcón y disfrutar su grito antes que su cabeza encontrara el pavimento.

Tomé aire y levanté mi jodida dignidad.

—Vamos a terminar esa botella —propuse.

Regresamos a la sala.

—A ver, Perro, ¿cómo va ese vaso? —preguntó Osiel.

Mi padre mostró el vaso vacío e hizo una mueca de bebé llorón.

—No chingues —me dijo Osiel—, ábrele la otra botella a la leyenda, el Perro.

—¡I', iñor! —exclamó mi padre con acento norteño.

Obedecí y fui el primero en servirme hasta derramar el vaso.

El Perro se levantó a poner música de Los Tigres del Norte. Bailó con Ginebra de cachetito. A ella le gustaba esa música. Él tenía que pararse de puntitas para alcanzarla. Ella no era tan bonita bailando, al contrario, se veía torpe y larga. Mi viejo le dejó caer las manos en las nalgas, Ginebra se las subió a la cintura sin mostrar enojo.

Osiel lanzó una risotada fuerte.

Carmelo apareció, pidiendo la llave para hacer funcionar la bomba de agua del edificio. Mi padre y Osiel lo invitaron a

117

echarse unas copas y no cejaron hasta verlo empinar a fondo. El jorobado nos confidenció que su perrito estaba enfermo de diarrea, se puso sentimental, dijo que si *Jocoso* moría, él se iría a los pocos días.

El jorobadito salió del apartamento dando tumbos, le oímos dar un tropezón en la escalera.

Mi padre, Osiel y Ginebra no paraban de reír.

Yo estaba indignado, pero la verdad es que nunca había visto a un jorobado pedo, ni a un viejo matándose las pocas neuronas que le quedaban, ni a un ex policía judicial en las Pirámides de Egipto, ni a mí llorando por dentro en una fiesta donde el whisky era bueno y se respiraba bancarrota.

El Perro Baleares (lo que quedaba de él) dormía en el sillón, con las piernas estiradas y un hilo de saliva en el hocico. Se convulsionaba sin fuerza, mascullando sandeces. Me propuse no llamar al médico, preferí no pasar otra vergüenza ni deber otros cien pesos. Si de verdad mi viejo iba a morir, yo lo daría por cosa del destino.

Lo contemplé desde mi sillón, bebiéndome el resto de la botella de Daniel's. A ratos recordaba a Ginebra, bailando sin gracia, a ratos, a Osiel conmigo en el balcón; su advertencia tenía sentido, los Mendizábal eran de cuidado, cuatro años consecutivos secuestrando gente sin que nadie los parara. A ratos, también veía a mi padre y las humillaciones que me gastó frente a Osiel y su novia, humillaciones como las que sufría el mozo por parte de Yayo el reencarnado. A ratos, también venía a mi cabeza el acertijo de Alicia del Moral. No le encontraba salida y pensé en todas esas ventajas que tiene la gente que trabaja dentro del Sistema. Informantes, protección, computadoras, buenas armas, seguro de jubilación y dinero para la viuda y los hijos, pero me consolé diciéndome que en el Sistema uno nunca sabe para quién trabaja ni cuándo su pellejo corre peligro.

—No recuerdo su nombre —balbuceó mi padre.

—Alicia del Moral.

—Emma, así, con doble eme.

—Cierra la boca y sigue durmiendo.

—Eres mi hijo, pero hubiera preferido que me saliera un grano en el culo.

—Estás ebrio. Como yo. Bebimos sin pagar la cuenta —dije con tristeza.

—Emma me lo mmamma. —Se quitó la saliva con la mano.

Me contó que Emma era una golfa que trabajaba de rumbera en un cabaretucho llamado La Vieja Andorra. Emma tenía vienticuatro años, mi padre dieciséis. Emma comía todos los días en una tortería donde mi padre era lavaplatos. Los fulanos del barrio apostaban conquistarla fuera de sus horas de servicio; mi padre lanzó su candidatura y rieron de él, le dijeron que lo que necesitaba era destetarse con una golfa de esquina.

—Y me desteté con Emma —dijo orgulloso.

Sus ojos sonreían, divertidos, como si hubiera contado un chiste. Yo trataba de ponerme serio, restándole importancia a su historia, pero mi seriedad no hacía sino dibujar más los pliegues risueños en sus ojos y su cara desfigurada por la vejez.

Comprendí que no le podía quitar ese instante tan raro en él, el de rememorar tiempos distantes.

—¿Qué fue de Emma? —pregunté.

—¿De quién?

—¿De quién estábamos hablando?

—De una mujer…

—¡De la puta Emma, coño! —me exasperé.

—¡Cuidado! —se irguió el viejo—, que estás hablando de tu madre.

# SEGUNDA PARTE

$\mathcal{D}$ejé el coche cerca de los raíles de la vieja estación, más allá de San Ángel, donde de vez en cuando, misteriosamente pasaban trenes cargados de chatarra rumbo al infierno. Mi abuelo había sido maquinista y siempre tuve la idea de que ese ambiente me daba buena suerte. No había manera de ocultar el Datsun, así que lo puse a campo abierto, la tapa del motor descubierta para que lo pensaran averiado y a mí un conductor ingenuo en problemas.

Me escabullí detrás de unos eucaliptos tan viejos como grandes y olorosos. Del lado izquierdo, a cien metros, aprecié una franja de casuchas de cartón. No podía considerar esa alternativa para huir en caso de peligro. Seguro que no saldría limpio de ese laberinto miserable. Mire hacia la derecha. El camino angosto por donde llegué lucía desierto. Comencé a reprocharme estar ahí. Aún faltaban veinte minutos para la cita. La voz, al teléfono, me había dicho: es tu oportunidad de ganar algo en esto. Me pareció una voz conocida, pero no logré identificarla. Estaba mareado por el Daniel's e impactado por la confesión de mi padre acerca de mi madre. No sabía si creerle. Hasta esa noche mi madre siempre tuvo un nombre, Elena. La historia de Emma, dicha en palabras del viejo sin memoria, me convertía en lo que comúnmente solemos decir a otros más por insulto que por literalidad, en un hijo de puta.

Eché un chorro de orina contra la corteza de un árbol. Una

luz iluminó el orín sacándole destellos dorados. Los fanales de un coche rasgaron la noche, pero enseguida el paisaje volvió a hundirse en sombras. Aquel coche Ford se detuvo frente al mío, separado por unos veinte metros de terreno. Me escondí detrás del árbol. No podía darme el lujo de otra metida de pata. La carátula de mi reloj ya no estaba tan opaca, pero las manecillas se me confundían en la oscuridad. Asomé la cara, los fanales del Ford pestañearon dos veces. Volví a esconderme, me asomé de nuevo, otra doble pestañeada y otra vez oculté la cara.

Un par de ruidos secos me hicieron ponerme de pie. Descubrí una silueta que levantaba un objeto en alto y lo descargaba contra el techo del Datsun. Saqué la 45 y me aproximé, mirando en intervalos el Datsun y el Ford, cuyos fanales estaban otra vez muertos. Estuve lo bastante cerca para reconocer al fulano que golpeaba mi coche con un martillo.

—Deja eso —le advertí, apuntándole.

El tipo bajó el martillo sin soltarlo y sonrió.

Alguien se me arrojó por la espalda y me hizo rodar, intenté alcanzar la 45 que se me fue de las manos, pero el otro tipo apareció pegándome con el martillo en los dedos.

No hubo más pelea. Me empujaron adentro del Datsun.

—¿Qué haces aquí, putita?

—De paseo.

Un martillazo en los huevos fue mi castigo. No hay manera de llorar en un momento como ése. La voz no sale, el aire se revuelve como veneno en los pulmones, dan ganas de vomitar hasta el alma.

—¿Dónde la tienes?

—¿A quién?

Otro carajazo igual de doloroso, esta vez con la cacha en la cabeza.

—¡A la hija del dulcero, cabrón!

—¿A quién?

No tenía otro recurso que alargar el tiempo mientras pensaba algo mejor.

—Dices otra pendejada y bailas Berta. ¿Oyes? Vales verga, cabrón.

—Tranquilos —parpadeé al sentir que se me venía otro cachazo a la cabeza—, sólo estoy tratando de no salirme de la jugada, de ganar mi dinero honradamente.

—¿Qué? —le preguntó un tipo al otro—. ¿Ahora sí le damos ley garrote?

La sonrisa del interpelado brilló diabólicamente en la oscuridad.

El del martillo se lanzó a bajarme los pantalones mientras el de la pistola me apuntaba a la cabeza. Moví las piernas, sacudí los pies, no fue suficiente, el palo del martillo golpeaba duro mis nalgas. Mejor muerto de un balazo que de ese modo, intenté coger la pistola, pero descuidé la retaguardia y sentí una cuarta del palo adentro, de remate conseguí un culatazo en la nariz, que me hizo sacudirme como muñeco descabezado.

—Ahora sí, putita, muévete como anoche…

«Señor, voy a ti —pensé—, voy como me dejen estos hijos de la chingada.»

El parabrisas estalló en pedazos. Los fulanos se cubrieron las caras, un tipo alto nos encañonó con un rifle recortado desde afuera del coche.

—Salgan —ordenó.

Era Marcial Oviedo.

Los fulanos obedecieron, yo me quedé a subirme los pantalones, después salí cayendo a tierra, me levanté como pude, tratando de parecer entero.

—¿Sigues siendo señorita, Gil?

Al oírlo me di cuenta de que él era quién me había hablado por teléfono citándome en ese lugar.

—Quiero que hagamos un trato, después podrán seguir jugando al sándwich…

—¿Qué trato, pinche ojete? —le dijo el tipo del martillo sin ningún temor.

Un plomazo reverberó en el paisaje y luego regresó a mis oídos en forma de aullido de metal, el tipo del martillo se dobló de rodillas, mirando con incredulidad a Marcial, éste le había disparado en el estómago.

El otro fulano, literalmente, se tiró un pedo de miedo.

—Trabajaremos en equipo. ¿La van pescando?

—Perfectamente —dije.

—¿Y tú?

—¡Yo también! —chilló el pedorro.

El herido no acababa de caer al suelo, parecía querer cagarse, pujaba y jadeaba.

—Necesita ir al hospital —dijo su compañero.

—Preocúpate por ti. —Marcial le reventó la rodilla derecha de un escopetazo.

126 El pedorro quedó un par de segundos en mudez absoluta, luego lanzó un alarido que hizo aullar perros en las casuchas lejanas. Marcial le apuntó a la otra rodilla. No sé de dónde aquél tuvo coraje para morderse una mano y con la otra hacer señas para no recibir otro disparo.

—¿Alguna queja? —me preguntó Marcial.

—Déjate de mamadas —dije con frialdad absoluta, pero falsa en el fondo—. Si quieres dispararme, pudiste hacerlo en mi apartamento.

—Chamaco inteligente.

—¿Hablamos o nos halagamos?

—Ésta es la historia, Mariano del Moral ya despidió a tres ineptos, a ti y a estos dos. Ahora el terreno es mío, pero estoy enredado. Hice averiguaciones que no me llevan a ninguna parte. Sinceramente, soy policía de academia y los policías de academia nos entendemos bien con las computadoras, no con la calle, así que valoramos el esfuerzo de nuestros antecesores. Mi respeto para ti, Gil Baleares.

Cuando terminó de echar esa perorata, el del tiro en el estómago se desplomó en la hierba y comenzó a dar largos y suaves estertores.

—Díganme todo lo que hayan avanzado en la investigación, si la información es buena les daré una comisión.

—¿De cuánto sería esa comisión, Marcial?

—Llámame Oviedo, me gusta que me llamen por mi apellido.

—A mí dame una buena comisión y te llamaré Dios.

—El cinco por ciento.

Sonreí de lado.

—El ocho.

Volví a sonreír.

Oviedo me apuntó con el rifle a los huevos, entonces le dije que el ocho me parecía formidable. Le solté prenda, pero me guardé el detalle de las meseras de Vips y del rengo. Le dije que hasta el momento todo apuntaba a los Mendizábal.

—¿Cómo lo sabes?

—No te revelaré mi contacto, y si eso me cuesta la vida, adelante, yo no traiciono a mis amigos, pero nada de mariconadas, reviéntame el pecho como a los hombres.

Mi discurso le pareció convincente, e incluso me miró con respeto, yo mismo estaba bastante orgulloso de mi cacareo.

—¿Y tú, cagón? ¿Qué tienes para mí?

—Me duele la rodilla.

—Ya no. —Marcial le metió otro disparo. Un trozo de cráneo se zafó de su lugar, pero no se desprendió del todo, quedó colgando asquerosamente mientras el fulano caía sin vida.

El de la barriga herida giró la cara y miró a su compañero junto a él, comenzó a intercalar sus estertores con lloriqueos infantiles, era sólo un muchacho y hasta ese momento no me di cuenta.

—Todavía puede que salgas de ésta —le advirtió Marcial—.

Ya una vez le disparé a un tipo en el estómago, hoy en día usa pañales porque se caga sin darse cuenta, pero al menos está vivo.

El muchacho abrió la boca y con grandes dificultades confesó que estaban con los Mendizábal, pero que ellos no tenían a Alicia y que, en todo caso, yo ocultaba algo.

Marcial me lanzó una mirada dubitativa. Consideré la posibilidad real de que también me disparara, el cabrón estaba loco de atar.

—En virtud de los hechos —dijo con voz pausada—, no creo necesario tener tres socios…

El muchacho y yo nos miramos. Le vi la muerte en los ojos, pero no se lo dije.

—Tu pistola quedó en el coche, te toca gastar plomo —me dijo Marcial y luego me preguntó si tenía buena memoria.

Dije que sí, entonces recitó su número telefónico

—Apréndetelo y llámame cuando tengas algo, ¿*okay*?

Se metió en el Ford y se largó de ahí. Saqué la pistola del Datsun.

El par de cabrones habían intentado violarme con un martillo, de hecho me habían introducido la puntita, si dejaba vivo al quejumbroso lo andaría contando por ahí. Además, tendría que llevarlo a un hospital donde me harían preguntas. Los Mendizábal podrían cobrarme la factura, demasiadas cosas en contra de la vida.

—¡Por favor, por diosito santo! —chilló el muchacho—, ¡ayúdame!

Había mencionado a Dios y me costaba despacharlo. Cavilé meterlo al coche y llevarlo por el camino largo hasta que se desangrara por sí solo. Enseguida deseché la opción, pues ensuciaría los tapices del coche y era mucho riesgo de ser detenidos por la policía en el trayecto.

No quedaba más remedio…

—¡No te vayas, cabrón! —gritó cuando me vio meterme

al coche y ponerlo en marcha—. ¡No me dejes así! ¡Prefiero morir rápido!

—Eso quería oír —le dije, sacando la 45 por la ventanilla.

Se llevó las manos a la cara, diciendo que quería vivir. Demasiado tarde, el tiro le destrozó la frente y cayó de espaldas.


Bebí de un tirón la Coca-Cola fría. Intenté contener el eructo, pero lo conseguí a medias. Ana esperaba una explicación, tenía los brazos cruzados sobre su camisón de seda.

—Te lo dije, Ferni no era sincero.

—Dijiste que tenías algo importante que decirme, por eso te dejé pasar.

—Me indignó lo de la gonorrea, por eso le partí la nariz, y no me arrepiento.

—Está bien —bajó la guardia—, ya lo dijiste, ahora vete.

—¿Tienes calmantes?

—Nada que te sirva para las madrizas que te dan por ahí.

—Lo que sea está bien…

Me tomé cuatro paracetamoles, intenté levantarme y me desmayé en el sillón. Al abrir los ojos, una sorpresa: Ana me arrastraba de un pie hacia la puerta.

—Primero te mueres afuera antes que yo cuidarte toda la noche sin saber si vas a amanecer vivo.

Como pude, me aferré a la pata de un sillón hasta que Ana me soltó.

—¿Dónde está la hija? —pregunté con la decidida intención de escaquearme de los reclamos acerca del pasado.

—Escucha, Gil, lo de Ferni no es tu culpa —dijo con tono de que sí lo era—. Siempre que confío en un hombre pasa lo mismo, pero ya no quiero que vengas sin avisar.

—Yo no tuve gonorrea cuando estábamos casados —me escaqueé de nuevo.

—¿Y antes sí?

—Nomás ladillas —intenté bromear.

—Gil —dijo mi nombre suspirando y se quitó el mechón de cabellos de la cara—, esto no tiene sentido, me da tristeza verte así, pero es tu vida. Tenías el mismo trabajo peligroso cuando estabas en la policía, la ventaja es que ahí te daban seguro social. Renunciaste dizque por ideales, ética y esas cosas. Ahora vives a salto de mata, tienes trabajo cuando alguien te busca después de haberlo intentado todo, igual que los desahuciados que buscan curanderos y brujos. Muy bien, es tu vida. Vete ya y olvídate de mí, Ferni, tú, los otros, al carajo todos, me declaro monja desde este momento.

—Gracias por los paracetamoles. —Cogí mi chaqueta—. Y dile a la hija que la llevaré de paseo cuando tenga mi Tsuru nuevo.

Salí de su apartamento y giré para disculparme por haberme presentado en esas condiciones, pero antes que abriera la boca, Ana espetó:

—La hija no es tuya. —Y me dio con la puerta en las narices.

Juanelo parecía un tío dichoso hasta que dobló la esquina de la calle Morelos y se encontró conmigo encabronado.

—¡Señor Gil!

Antes de que terminara de sonreírme, sus dientes me astillaron los nudillos. Prudencia, a quien el tipo acababa de dejar afuera de la iglesia, vino presurosa. Miró tres segundos a su novio tirar gotas de sangre por el suelo, después se me fue con las uñas a la cara. La sujeté de las manos, le di la vuelta y la lancé adentro de mi coche y cerré la puerta. No contaba con que podía salirse por el parabrisas roto.

Sin embargo, tuve tiempo de coger a Juanelo por el pescuezo y apretárselo.

—Te lo advierto por última vez, vago de mierda, o la dejas en paz o date por muerto, y va en serio. —Estrellé su cara contra una ventana. Alguien abrió, pero al ver la bronca, volvió a cerrarla de inmediato. Prudencia ya estaba de vuelta, otra vez trató de atacarme con las uñas. De un empujoncito la tiré en el suelo, no quería lastimarla, así que mejor subí al coche.

Mientras me alejaba, escuché todos los insultos que se le pueden ocurrir a una muchacha evangelista cuando está enfadada. El que más me pudo fue el de canalla, mal hombre, y lo digo en serio, me bastaba un soplo de viento para saltarme el llanto y ponerme sentimental.

En fin, era lo que era, un cabrón sin escrúpulos, hijo de puta rumbera y padre pendenciero.

Lo confirmé al llegar a casa…

—¡No prendas la luz, Gil! —chilló el viejo.

Aguardé junto a la puerta a que una figura ayudara a la otra a ponerse bragas y vestido. Lo hacían torpe y rápidamente, echando risillas. La figura dio un rápido beso a mi padre y pasó junto a mí con la cabeza baja.

Cuando salió del apartamento, encendí la luz.

—¿Qué fue eso? —le pregunté al viejo que seguía en calzones.

—Tengo derecho a una mujer.

Le di una fuerte zarandeada por los hombros, el asunto en los raíles, lo que me dijo Ana de la hija y lo de Juanelo Patraña, al fin me habían roto el freno.

—¡Mi hijo me está matando! —gritó el viejo—. ¡Vecinos! ¡Mi hijo me mata!

Le tapé la boca, me mordió la mano, la escondí entre mis piernas para mitigar el dolor, el viejo aprovechó mi postura en desventaja para darme con un objeto duro en la nuca y salir pirado. Me tambaleé, el cenicero de vidrio, embarrado de sangre estaba en el suelo. Me toqué la nunca en plan de que esa sangre no podía ser la mía. Sí que lo era.

—¡Abre! —aullé—. ¡Nos vamos a matar a chingadazos! No respondió.

—¡Antes de que la palmes me vas a aclarar quién fue mi madre, hijo de puta!

Pateé a la puerta, el viejo siguió callado. Me senté a esperar, tendría que salir, siempre orinaba varias veces por la noche, y le gustaba ir a sentarse en el sofá con la ventana abierta y recibir el aire fresco de la noche en sus huevos viejos.

—Tú no sabes lo que es llegar a mis años —dijo al fin una vocecita derrotada del otro lado de la puerta.

Si quería conmoverme, tendría que contarme una historia convincente. Después de todo yo acababa de despachar a un muchacho que nunca tendría la oportunidad de quejarse de los años.

—Éste no es mi cuerpo, Gil. El mío es el que tenía a los veinticinco años. A lo mucho es el de los cincuenta, pero éste no. ¡Éste ya no! —chilló sinceramente.

—Si quieres una mujer —le dije con una voz tranquila—, págate una golfa de una noche, ésta nos está saliendo cara. ¿Quién es? ¿La enfermera esa que se tira al médico del coche lujoso?

—Lidia es una mujer decente.

—¿Y mi madre no lo era? —reclamó mi niño interior.

—¿Qué madre?

—Emma.

—¿¡Qué Emma!?

—¡Coño, me dijiste que se llamaba Emma!

—¿Yo? ¿Cuándo?

—¡Dijiste que trabajaba de puta en La Vieja Andorra!

—No digas barbaridades. Tu madre se llamaba Carmen, y era empleada de la papelera Kimberly-Clark, eso es todo.

—No te creo; mientras tanto, olvídate de Lidia.

—¿Qué Lidia?

—¡Deja de cogerte de la puta enfermedad! Sabes de lo que hablo, la vi ponerse las bragas.

—Lo que no viste fue cómo hice el ridículo —objetó con una voz en la que ya no cabía la tristeza—, no sólo a mi cabeza de arriba se le están olvidando sus funciones, muchacho...

Casi hubiera preferido no oír eso, y no porque me importara o creyera que la impotencia de un anciano lo hacía menos hombre, sino por lo que significaba para él, Perro Baleares, ese tipo que venía a mi cabeza, ancho de espaldas, sonrisa brutal, mirando con lascivia a toda mujer que pasaba por la calle, siempre al acecho y a la violencia porque sí.

Abrió la puerta despacito, detrás de él, entraba la luz de la farola de la calle y esa luz marcaba el contorno de su cuerpo, un contorno enjuto a fuerza de tiempo. Se pasó una mano por el pelo y se dejó un mechón parado.

Lo invité a tomar café.

133

Preferimos ir a los caldos de birria donde paraban los borrachos desvelados, en la colonia Escandón. Instalados en una de las mesas, volví a hablarle del asunto, pero sin alzar la voz.

—Esa mujer nos está blanqueando los bolsillos.

—Cuando se quiere, el dinero es lo de menos.

—El dinero es tu pensión y el que gano con mis asuntos.

—Ya te dije que la quiero, Gil. ¿Es ridículo que un viejo se enamore? Voy a morir, a olvidarme de todo, cuando eso pase qué me va a importar el dinero, en cambio la dicha se me va a quedar metida en este cuero viejo...

Me costó trabajo objetar. El viejo comenzó a sorber el caldo haciendo ruidos fuertes. Le puse unas servilletas de babero, se las quitó enseguida y comprendí que me había extralimitado.

Un hombre y una mujer entraron a la fonda. Lo reconocí

y bajé la mirada. Era Fernando, el menor de los Mendizábal, un tipo como de treinta y cinco años, de ojos adormilados y pelo castaño claro. Usaba camiseta color amarillo pollito que decía UCLA. Nadie diría que ese tipo de aspecto gentil se metía carretadas de dinero secuestrando gente. ¿Qué seguía? ¿Levantarme y decir, perdone, tiene secuestrada a Alicia del Moral? Lo pregunto para ya no hacerle más al pendejo, no por molestarlo.

Agudicé el oído. Fernando pidió amablemente dos caldos y un par de refrescos a la mesera.

—¿Me estás oyendo, Gil?

—¿Qué cosa, padre?

—Que estoy enamorado, nunca sentí más vivo este sentimiento, digo, nada más con tu madre…

Su aclaración sonó más falsa que un billete hecho en una imprenta de tarjetas de presentación.

—Pues sé feliz, pero no con mi dinero, ya cambié mi número confidencial.

Al viejo le brillaron los ojos, no de cólera, quería llorar, llorar por depender de mí como un niño. Cambié de tema.

—¿Por qué no comes?

—Olvidé los dientes —balbuceó.

Su boca chupada hacia adentro como un ano me causó tristeza, pero no podía mostrar compasión; aun sin dientes, el Perro podría arrancarme media mano de una mordida.

Fernando Mendizábal y su acompañante se acercaron a nuestra mesa, sentí los huevos desaparecer de su lugar.

—Perro. —Mendizábal le tendió la mano a mi padre—. Soy Fernando, usted no se acuerda de mí, pero yo sí de usted…

Mi padre revisó con desdén la cara de Fernando, apreté el culo en el asiento.

—Soy el hijo de Facundo Mendizábal, al que ayudó a sacar del campo militar, en el año 71.

—Ah, sí, sí, ya, el flaco dientón. Cómo no. Se hizo famosillo vendiendo pura pinche cola de conejo, pura hierba de mala calidad, ja, ja, ja…

Pensé que el viejo la había cagado, pero Fernando sonrió amistoso, la mujer le miró burlona y ambos miraron a mi padre con la ternura que inspira un abuelo.

—Éste es Gil, mi hijo.

Fernando me tendió la mano, correspondí, sintiendo que le lamía los huevos al tenderle la mía, firme y expedita.

—¿Y cómo está tu padre? —preguntó mi viejo.

—Murió —dijo Fernando.

—¿Cuándo y de qué?

—Murió —repitió Fernando y esta vez ya no miró a mi padre con tanto respeto, nos deseó buen provecho y se fue con la mujer a la otra mesa.

—Pinche baboso —gruñó mi padre—, le pregunté de buena manera por su padre, ¿o no?

—Cállate —le advertí—. Nos están mirando.

—¿Y qué? A mí ese cabrón me chupa la manguera y a ella le chupo yo la concha, faltaba más. Le parto su madre con una sola mano al cagón si vuelve a faltarme al respeto.

—Que te calles, te digo.

—¿Le tienes miedo?

—Tú no sabes quién es ése…

—Un comemierda. A ver tus manos, hijo. Mira qué deditos tienes, se ve que no los has usado en otra cosa que rascarte el culo o sobarle los huevos a alguien.

Logré convencerlo de que nos marcháramos de ahí.

—Conoces a Fernando Mendizábal —le dije en la calle, todavía con el asombro tan fresco como la noche.

—Si es hijo del flaco dientón sí, lo conozco, es decir a su padre. Un día lo encontré con sus hijos pequeños, supongo que uno era este comecaca, coño, lo que es la memoria, la cabrona memoria, se parece a esas mujeres que te dan entrada y luego te la quitan de golpe…

—¿Sabes quiénes son los Mendizábal?

—¿Estás pendejo o qué te pasa? Ya te lo dije.

—Son gente peligrosa, ligados al secuestro.

—Ah, chinga, ¿de veras? Pero si el padre vendía motita y era medio *hippie*.

—Los hijos le salieron empresarios, tal vez ellos tienen secuestrada a Alicia del Moral. Ella es…

—Sí, sí, ya sé quién es… Pues si quieres, regresamos y hablamos con ese cabrón, a lo mejor podemos llegar a un arreglo y hasta sales ganando un poco más de plata.

Por supuesto, mi audacia no llegaba a tanto. Caminamos despacio hasta el coche, el viejo me tomó del brazo, ése fue el punto culminante de mi asombro, la mano del Perro tocándome amistosa, tal vez paternal.

La diáfana luz de madrugada comenzó a espantar la noche.

—Cuando la conozcas, verás que es una buena mujer…

136

Fui a atender el teléfono. Era José Chon. Se quejó de que Juanelo se había descarado; ya se paseaba con Prudencia frente a la taquería y al parecer todo era culpa de mis pocos huevos.

—¿Cuándo vas a arreglar las cosas, Gil? ¿O no cuento contigo?

Me molestaron sus exigencias, pero recordé todas esas veces que sacó por mí la cara frente a los tramposos, la escoria trepadora, ralea sin escrúpulos, pervertidos con placa que trataban de tenderme trampas todo el tiempo para quedarse con mi puesto y dárselo a algún familiar, en la Policía Judicial.

José Chon nunca me falló.

Le dije que arreglaría muy pronto la bronca. Me dio las gracias y colgó no sin antes desearme que Cristo estuviera de mi parte, pues el Señor quería lo mejor para sus hijos.

Y

Mi viejo y yo estábamos frente al televisor atendidos por Lupe, que como cada vez que le tocaba cobrar su sueldo, derrochaba amabilidad como panal la miel en el verano. Lupe era una mujer de treinta años, de carnes generosas, pero aparentemente recias; su humor, fresco y visceral, la hacía parecer más bonita de lo que no era.

—¿Dónde he visto a ese cagabolas? —El viejo señaló la tele.

Fernando Mendizábal, otros fulanos y fulanas (una con cara de enfermera loca) llenaban la pantalla, frente a las cámaras que les disparaban flashes. Fernando aún tenía su jersey color amarillo, por lo que entendí que lo habían detenido a las pocas horas de que lo vimos en los caldos. El periodista fuera de imagen daba los pormenores del caso. Fernando Mendizábal, junto con su banda de secuestradores, había caído en un operativo de la PGR, dirigida por... y aquí apareció de golpe un funcionario de alto rango, detrás de él dos *judas* bien trajeados, uno de ellos era Marcial Oviedo. El funcionario explicaba que la banda no tenía relación con el secuestro de Alicia del Moral, pero sí con otros secuestrados, liberados en el operativo. Corte directo al lugar de los hechos, afuera de una casa en la colonia Olivar del Conde, dos hombres salían de la casa, protegidos y cubiertos de las cabezas por los policías de antisecuestros.

El funcionario alababa la actuación expedita del teniente Oviedo, decía que se había rescatado con vida al industrial X y al joven estudiante Z.

—¿Adónde vas? —preguntó mi padre—. Corres como si un pedo se te fuera a salir por las orejas.

—Tengo que ver a alguien...

—Primero desayúnese —me dijo Lupe.

—Mi padre tiene su dinero —le respondí sin cortapisas.

Fui a la habitación, cargué el arma. Lupe llegó detrás de mí.

137

—Quería hablar con usted de dos cositas.

—Ahora no, Lupe.

—Sólo quiero recordarle que ya cumplí otro año de trabajar aquí, la vida está muy cara…

Supe por dónde iba.

—¿Ha visto mis zapatos? —pregunté.

—Los puse en el baño, traían caca. Le decía que necesito un aumento.

—En mal momento me lo pide.

—Cincuenta pesos, súbame eso y me quedo.

—¿Y si se va es adónde? Los trabajos andan escasos.

—No se crea, el jorobadito del edificio ya me propuso que trabaje para él.

—El jorobadito es facineroso.

—Pues que se haga ilusiones pero que me pague bien, otra opción es irme a California con mi hermana y su cuñado, llevan tres años allá y siempre me andan preguntando qué hago aquí de jodida, no sé qué contestarles, pues tienen razón.

—Está bien —respondí, sabiendo que ni siquiera podría pagarle el mes atrasado hasta que mi viejo cobrara su pensión—. Cincuenta pesos. ¿Cuál es la segunda cosa?

—Una que me da vergüenza contarla.

—Entonces búsquese a otro confidente, llevo prisa.

Lupe miró hacia fuera como si no quisiera que mi padre escuchara.

—Su padre me espía cuando me baño.

—Pues no se bañe aquí —respondí, ocultando mi asombro.

Lupe enrojeció, no de vergüenza, sino de indignación.

—Ya puede pagarme más, que no vuelvo si no habla con él.

—Hecho. ¿Ahora me deja pasar?

—¿Qué le va a decir?

—Eso es cosa mía.

—A lo mejor él dice que no es cierto, pero se lo juro, a esa edad algunos se vuelven mañosos.

—Quedó entendido, adiós.

—Que le vaya bien. Y no se olvide de decirle algo, me parece repugnante que un anciano ande pelando el ojo detrás de una cerradura. Cuando me di cuenta estuve a punto de meter por ahí unas tijeras, me miró descubrirlo y se alejó rapidito el muy mustio…

Sus últimas palabras las dijo sola, yo iba rápido por el pasillo.


Me presenté en el hospital. Yayo ya no tenía aspecto atlético, era un pobre enclenque con la boca llena de costras blancas como una cebolla descamada y los ojos cargados de dolor. Apenas pudo moverse de la cama cuando me vio frente a él. El olor a hospital hacía más miserable su situación. Intentó alcanzar el timbre para llamar a la enfermera, pero le cogí por la muñeca, interrumpiéndole el líquido que pasaba por la sonda.

—Primero vas a tener que decirme unas cuantas cosas —le solté despacio, acerqué una silla y me senté a su lado—. ¿Crees que te darán tu parte ahora que estás fuera de circulación o se van a quedar todo el dinero?

—No sé si reír o llorar, hijo de la chingada. —Blandió una sonrisa—. ¡Míreme cómo estoy! Una bala me dio entre los dos pulmones, otra en la pierna y otra en un riñón; los médicos dicen que van a quedar secuelas, y usted, que tuvo la culpa, todavía viene a insinuar que secuestré a mi sobrina. ¡Qué poca madre!

—No te exaltes, puede hacerte daño. Partamos de que creo en tu inocencia.

—¡Partamos de que me importa un carajo si cree en mi inocencia!

—Partamos de que tal vez tu amiguito sí tiene algo que ver en el secuestro.

—¿Óscar? No joda.

—Lo visité en la cárcel.

Yayo frunció el ceño.

—¿Sabe algo, Gil? Usted es gay.

Esbocé una sonrisa.

—¿Gay, eh?

—Sí, sólo que no lo sabe, pero es tan gay como yo y Óscar, pero aún no sale del armario…

—Salgamos del tema psicológico y entremos en el que importa a tu sobrina. ¿Crees que Óscar es trigo limpio?

—Y yo qué sé.

—Tal vez ayudó a secuestrar a Alicia por venganza, me dijo que lo torturabas de lo lindo.

—Óscar es un pobre putillo inofensivo. Y si lo torturé alguna vez, fue porque me ponía mal su carácter pusilánime, sin mencionar sus traiciones.

140

—¿Qué traiciones? Según me dijo tú lo mandabas a echar tacón alto por las calles y a ligarse a fulanos que lo maltrataran para luego reírte de su vida de puta tragicomedia de arrabal…

—No voy a contarle mi vida. Váyase ya.

—Debo reconocer que aún tienes el carácter de cuando eras militar, un soldado revolucionario. Ya que estuviste ahí, ¿cómo era Carranza? Un día vi la chaqueta que traía puesta cuando lo mataron en Tlaxcaltongo, estaba llena de agujeros, me gusta la historia de la revolución mexicana. Quita esa cara, tu hermana me contó que eres tu propio abuelo reencarnado.

Yayo rompió a reír, el dolor de hacerlo le sacaba lágrimas vivas de los ojos, pero no podía contenerse, y me pareció que tampoco quería hacerlo. Necesitaba escupir no sé qué furia convertida en carcajadas. Las grietas de la boca se le reventaron en rayitas de sangre, pero así riendo hasta que dio un suspiro bien hondo.

—Mi madre me machacaba todo el puto tiempo con ese cuento, eres mi padre, Yayito, eres él, has vuelto, vas a portarte bien conmigo, vas a cumplir tu misión cuando seas grande, yo me encargo de que la cumplas…

—¿Qué misión?

Yayo clavó sus ojos llorosos en los míos.

—Una muy sencilla, que no hubiera más mujer que ella, que estuviéramos juntos por siempre. ¿Y mi vida qué, Gil? —Se señaló con su mano pálida y amarillenta el corazón—. ¿Mi vida, qué carajos?

La cabeza de Yayo se hundió entre sus hombros, se volvió hacia la pared, ya no quiso responder preguntas. Miré la televisión. Había un concurso sobre quién era el hombre más alto de la ciudad. Tres fulanos medían dos metros con treinta, pero se los llevaba de calle uno que medía dos con cincuenta y nueve. Le dieron un premio de noventa mil pesos y un viaje doble a Cancún. Le preguntaron con quién iría a viaje, el gigantón enrojeció: su timidez era tan grande como su estatura.

—Óscar no era ningún santo —dijo Yayo aún volteado hacia la pared—, tenía un fulano que le daba dinero. No lo necesitas, le dije muchas veces, tienes un empleo de poca monta, pero decente. ¿Para qué andas con ese tipo más viejo que tú?

—¿Y cuál fue su respuesta?

—Me trata como a un hijo, ésa fue. Maldito Óscar y maldito rengo abusador.

—¿Qué rengo?

—El tipo del que le estoy hablando, rengo y cincuentón.

—¿Cliente de Vips?

Yayo me miró con recelo.

—¿Cómo lo sabe?

—Mejor dime qué sabes tú de él.

—No mucho, un día lo seguí hasta el gimnasio donde levanta pesas, quería entrarle a golpes, pero consideré la posibilidad de que él me jodiera a mí. Óscar no valía tanto riesgo.

Le pedí que me diera el nombre y la dirección del gimnasio. Ya no tenía más preguntas. Puse la silla en su lugar; eso fue lo único que se me ocurrió para darle a ese muchacho la impresión de que lo respetaba.

—Hoy por la noche —dijo cuando me dirigía hacia la puerta—, Marcial Oviedo y mi cuñado van a entregar el dinero, quizá esta pesadilla se termine entonces.

Quise saber los detalles de la entrega, pero en ese momento Marcial Oviedo y Estrella del Moral entraron a la habitación. En cuanto la mujer me vio, hizo lo que me temía, se me fue de uñas como en los viejos tiempos. A Marcial le divirtió la escena, le permitió insultarme y rasguñarme unos momentos.

—No se moleste —le dijo a la mujer—, yo me encargo.

Me cogió del codo, inmovilizándome el nervio como cuando estuvo en mi casa.

De esa forma penosa y humillante, recorrimos el pasillo observados por un par de enfermos, uno en andadera y el otro verde de piel.

Adentro del ascensor, Oviedo se acomodó la corbata ayudado por el reflejo metálico de la carátula de botones.

—Me estás trayendo más problemas que beneficios, Gil Baleares. ¿Sabes lo que me costó la falsa pista que me diste anoche? Los Mendizábal, vaya mierda.

—Saliste bien en la televisión —le dije aún sintiendo electricidad en el codo.

—El Mendizábal grande escapó, así que ya tengo un enemigo gratis por tu culpa. —Acercó su mano queriéndome tocar la cara. Me aparté—. ¿Qué voy a hacer contigo, eh, mi niño?

—Llevarme a la entrega, más vale que no vayas solo. ¿Quiénes son? ¿Ya tienes pistas nuevas? ¿Cuánta pasta pidieron a final de cuentas?

Mi última pregunta quedó aplastada cuando Oviedo me apretó el cogote con el dedo índice y el anular.

—¡Óyeme bien, muerto de hambre! —Escupió salivitas en mis ojos—. ¡No te orines en mis terrenos! ¡Tu trabajo es de recogecacas! ¿Te queda claro?

Asentí, buscando aire. Me arrojó contra la puerta del elevador. Oviedo apretó botones y volvimos a subir varios pisos.

—Cambio de trato, Gil. De ahora en adelante, mil doscientos pesos diarios…

—Más una suma de veinte mil cuando tengamos el dinero.

—No seas idiota, tú me vas a dar mil doscientos pesos diarios, a ver si así te pones a trabajar. Cuando tengamos el dinero, te repones.

La puerta del elevador se abrió en el último piso.

—Y no quiero volver a verte donde no te llamo, cagón.

Cuando el fulano se largó, me rasqué una sien y descubrí que mi mano temblaba fuerte. Raras veces le cogía miedo a nadie. Comprendí que ese tipo, seguro de sí mismo, representaba una nueva generación de policías, pero no una como la que ponderaban los anuncios gubernamentales de televisión, sino una de robots amantes de los productos naturistas, buena ropa, ejercicio y deseos de matar.

143

Gimnasio Cañonazo era el nombre de aquel establecimiento cuyas paredes amarillentas recordaban el hojaldre de un pastel viejo de dos pisos. Desde luego, la gente que iba por ahí debían ser vecinos del rumbo de la colonia Buenos Aires, muchachos y hombres de aspecto físico saludable o al menos en ese intento, pero de caras cargadas de preocupación o enojo con la vida.

Subí los veinte o veinticinco escalones estrechos hasta llegar al primer piso. Una pequeña recepción y luego un área amplia con aparatos y espejos, ése era el gimnasio; un hombre que bajaba en chanclas me hizo deducir que arriba había duchas.

Seis o siete hombres hacían ejercicio en ese espacio como de setenta metros, no todos ellos en buenas condiciones. Descubrí bastantes barrigas similares a las que podría ver en un pabellón de embarazadas. Detrás de la recepción, un hombre de un metro con cincuenta, al que no supe calificar de gordo o de fornido, me interrogó con sus ojos color orines.

—Busco a un tipo rengo —le dije sin más.

Deslizó un papel sobre la mesa.

—Ahí están los precios.

—Un tipo rengo —repetí—, no muy alto, ancho de espaldas.

No dijo nada.

—¿Todo bien, Bazuca? —le preguntó un joven moreno que estaba cerca de nosotros, torturándose el cuerpo con una máquina llena de barras de hierro, que subían y bajaban cada vez que el tipo tiraba de un manubrio con sus brazos estirados a lo Cristo.

—¿Eres policía? —me preguntó el tal Bazuca.

—Es un rengo.

—Yo digo tú. ¿Poli? ¿Tira? ¿Judas? Porque si no lo eres, no tengo respuestas.

Le mostré mi vieja credencial sin permitir que la mirara demasiado para que no descubriera la fecha vencida y le dije:

—Ahora dame el nombre y la dirección del cojo.

—Ya no viene desde hace como cuatro meses, dejó de pagar y no ha vuelto.

—No te pedí que te quejaras, nombre y dirección…

—¿Y no quieres que aparte te lleve en mi alfombra voladora a verlo? No mames.

—Sigue jugando y vamos a salir mal.

—Claro. —Sus ojos miraron con burla mi cuerpo fuera de

forma—. Quedó a deber ochocientos pesos; si los recupero, puede que le diga dónde encontrarlo…

Vacié la billetera y logré arrancarle cien pesos escondidos en el rincón de las emergencias. El billete lucía viejo, húmedo y arrugado. Se lo ofrecí a Bazucas.

—Dije ochocientos.

—Y yo digo que tomes esto o vengo aquí con el Estado Mayor Presidencial.

—¿Tanto así? —Sonrió Bazuca, cogió el billete y lo metió en una caja.

—Es tu turno…

—Vas a tener que venir por la noche, mi asistente tiene la lista vieja, ya te dije que el rengo dejó de venir hace cuatro meses, sus datos se fueron al archivo muerto.

—El rengo debe tener nombre.

—Seguro, pero no lo recuerdo, ven en la noche.

No me sentí conforme.

—Ahí no hay nada —me dijo al verme observar su computadora—. Le limpiamos los archivos cada mes. Ven a las diez, mi asistente guarda las listas.

—¿Por qué no le hablas y le dices que las traiga ahora mismo?

—Vive en Ecatepec.

—Está bien, vendré en la noche…

Antes de salir, le eché un vistazo al tipo de las pesas. Había quedado tumbado en el largo asiento de plástico negro, sus músculos deformes y repugnantes palpitaban como si por dentro contuvieran alienígenas en incubación.

Me disponía a entrar al edificio cuando el pitazo de un coche me hizo voltear. Mis ojos se embriagaron ante el espejismo; del otro lado de la calle un Nissan nuevecito color arena me llamaba con el claxon. Llegué flotando hasta la ventanilla.

El coche se veía tan impecable como los del aparador en la concesionaria. Ni siquiera las llantas estaban sucias. El elevalunas eléctrico descendió ligero y continuo.

—¿Subes? —preguntó la voz cristalina de Ginebra.

Estaba a punto de obedecer como corderito cuando una voz fea de taquero dijo mi nombre y rompió el encanto.

—Espera —le dije a la chica.

Crucé de nuevo la calle.

—¿Qué pasa, José Chon?

—¿Es tu novia? —El taquero miró a la chica y a mí con cierto reproche.

—No.

—Es joven para ti.

—Lo sé. ¿Qué quieres?

—Ya lo sabes, que ese naco cabrón se aparte de mi hija.

—Ya le di sus chingadazos —aseguré, harto de la situación.

146

—Pues ahora Prudencia me dijo que se va a largar con él. Quiere denunciarte por haberle roto el hocico a ese mocos flojos.

—Justo lo que necesito, broncas con la policía.

—La denuncia la paramos fácil, lo que importa es mi hija.

—Lo siguiente es que lo mate. ¿Eso quieres?

José Chon se talló la cara con su mano gorda y prieta.

—Mira, Gil —me dijo desesperado y como si hablara con un anestesiado—: Prudencia va a salir con medalla de honor de la universidad. El plan es que estudie biología, luego que haga una maestría y después un doctorado en ciencias, en Estados Unidos. Además de inteligente y bonita, toca la guitarra también, ama la música y a los animales. Tú dirás que digo todo esto porque soy su padre, pero puedes preguntarle a la gente que la conoce y te dirá lo mismo que yo. Ahora bien, ¿te parece justo que ese tesoro se lo lleve un apocado, que seguramente de niño se limpiaba la caca con las piedras en el campo?

Negué, viendo a Ginebra impaciente.

—Gil, en nombre de nuestra amistad, líbrame de ese cabrón. Lo más sagrado para mí es mi niña, te confieso algo, si viniera una puta güebona y puerca a llevarse al cabrón de Arturo —hablaba de su hijo—, me lavaba las manos, ése no tiene remedio, pero a Prudencia que no me la toque nadie.

—No puedes evitar que tenga novio, la dañada sería ella.

—Novio es novio, no animal.

—¿Y qué clase de novio te parecería bien?

—Si se trata de escoger, uno mayorcito, pero joven, recién egresado de la carrera de economía y que son más vivos que el hambre para trabajar, que viajan por asuntos de negocios a todo el mundo.

No valía la pena decirle que se viera en un espejo.

—Está bien, ya entendí, ahora tengo que irme.

—¿Me estás corriendo?

—No, José Chon, es que me esperan…

Volvió a mirar a Ginebra, luego, a mí con más recelo.

—Si yo fuera el padre de esa niña, no me gustaría que fuera amiga de un hombre mayor…

—No es tu hija y tampoco es lo que piensas —le dije, atravesando la calle.

—¿Cuento contigo entonces?

—Dalo por hecho.

—Esto es para ti. —Me arrojó un teléfono móvil.

Lo cogí en el aire.

—¿Para qué es esto?

—Para que nos comuniquemos cuando haga falta.

—No puedo pagártelo.

—Es un regalo.

—No lo quiero.

José Chon dio la vuelta y se fue.

Ahora yo tenía algo parecido a un collar de perro con localizador para cuando mi amo me llamara.

147

Nos deslizamos media calle entera antes de que Ginebra tirara de la palanca de velocidades y yo pusiera mis ojos lastimeros en sus piernas largas despejadas de ropa, apenas cubiertas por la falda de algodón color turquesa. Cuando estiró la mano para acomodar el espejo retrovisor, la axila le olió a estallidos de limón.

—¿Adónde vamos? —interrogué.

—Tengo órdenes de Osiel de atenderte a cuerpo de rey.

Esa mujer no sabía lo que significaban esas palabras, pero tampoco quise hacerme ilusiones.

—¿Cómo te va con el trabajo?

—Mal, pero no me quejo. Ahora dime qué te dijo Osiel exactamente.

—Paciencia.

Llegamos a la avenida Cuahutemoc, conectamos con Municipio Libre hasta subir a Insurgente y nos dirigimos al sur de la ciudad. Extrañamente, no había tránsito. La luz sobre las hojas de los árboles caía esplendorosa, cerré los ojos al sentir el aire entrando tibio, quería disfrutar el olor a plástico nuevo de los asientos. Discretamente acaricié el asiento de velour envolvente.

—¿Cuándo lo compraste?

—Ayer mismo —respondió la chica con un leve acento extranjero que hasta ese momento no le había notado.

—Alcanzaste la oferta.

—¿Qué oferta?

—¿No me digas que no te dijeron de la oferta? Setenta mil pesos si dabas el anticipo antes de terminar septiembre, de otra forma el coche cuesta ochenta y dos mil machacantes más impuestos.

—Pague cincuenta y siete de contado.

Debió notar mi asombro, pues repuso:

—Mi padre me cumple todos mis caprichos —guiñó un ojo.

No supe si se refería a su verdadero padre o era una forma de llamar a Osiel Langarica; creí incorrecto pedirle una aclaración.

Dio un volantazo y metió el coche al estacionamiento de un centro comercial de San Ángel. Estiró un poco su cuerpo largo para coger el tique de la máquina. No pude evitar verle el talle. Osiel era afortunado, sin embargo, había también en esa mujer demasiado tono rubio que no me agradaba del todo. A decir verdad, prefería la piel canela y la sonrisa entre brutal y limpia de una mujer latina. Prefería cien veces a mi ex.

—¿Qué hacemos aquí?

—Ven y deja de hacer preguntas, ahora ya no eres investigador.

—¿Y qué soy entonces?

—Mi cachorrito.

Ya me hubiera gustado eso y lanzarme a lengüetazos en su escote… Subimos las escaleras eléctricas, una musiquilla amable nos dio la bienvenida. De haber estado solo me habría tapado los oídos, puto mundo exterior lleno de sonidos. Entramos a una tienda de ropa cara para hombre.

—Por favor —dijo Ginebra al estirado dependiente—, mi marido necesita ropa.

El dependiente saltó del otro lado del mostrador con una cinta métrica de las que se usan para medir cadáveres. Me obligó a estirar los brazos, se arrodilló cerca de mis huevos y, levantando la cabeza hacia mi cara, me preguntó si quería algo *sport* o de vestir.

—No quiero nada.

Ginebra parecía divertida ante mi conducta de perro callejero en almacén de ricos. Sonrió y se le dibujaron unas arruguitas en la nariz que la afeaban demasiado; eso tiene la gente bonita, no puede ser ni un poquito fea porque se arruina por completo.

Cuando el dependiente se fue a buscar las prendas que Ginebra le ordenó, la interrogué.

—No soy un tipo al que le gusten los juegos. ¿Qué hacemos aquí?

—Mi marido necesita ropa.

—Yo no soy tu marido.

Arrugó la naricilla de nuevo y dijo:

—Osiel tiene tu tamaño…

Esa afirmación me pareció un juego intencional de palabras, pero no caí en la trampa.

—Ahí viene el monito con la ropa, dile que no queremos nada.

—No seas así, Gil Baleares, la verdad es que Osiel me encargó comprarle ropa a él y tú sirves de modelo, son más o menos de la misma talla. ¿No le harías ese favor a tu amigo?

No tuve objeción. Me dejé vestir de todo lo que a la nena se le vino en gana. Trajes *sport*, polos, camisas, bermudas, pantalones de lino y demás chuladas. Recorrimos un montón de tiendas. Compramos trece pantalones, siete de vestir, seis *sports*. Camisas a pasto, vistosas, discretas, una como de marica tierno. Un traje de casimir, otro de lino del que se arruga mucho y tres pares de zapatos, un par de tenis de corredor de maratones, varios calzones y calcetines; calcetines que costaban lo que yo solía pagar cuando me compraba un pantalón. No me divirtió en absoluto. Yo estaba en bancarrota. Cada vez que entraba en un probador el espejo me decía miserable. Nadie se daba cuenta, sólo yo y esos cuatro espejos que no me dejaron olvidar bajo ningún ángulo que no tenía buena ropa ni mujer ni futuro, sólo los calzones rotos.

Regresamos por la avenida Insurgentes, entonces, Ginebra dijo la verdad.

—Osiel quiere verte contento, todo esto es para ti.

—No quiero nada.

—Se ofenderá.

—El ofendido soy yo.

—Se sentirá herido.

—El herido soy yo.

No me hizo cambiar de opinión. Los ojos azules de la muchacha se nublaron como en un día de tormenta.

—Nunca conocí a un tipo con tanta dignidad, Gil Baleares. —Se estiró y me dio un beso, tocando la comisura de la boca, creí que su perfume iba a dejarme colgado en un sueño de opio.

—Hago lo que puedo —tomé compostura—, y ahora, si no te importa, te pediré un favor. Llévame al colegio de Bachilleres, en la colonia Culhuacán, pero ten cuidado con los baches y cierra la ventanilla cuando pasemos por los drenajes.

—Eso se oye espantoso.

No pudo escoger peor opción que estar junto a ese kiosco de panes, refrescos y periódicos, afuera de las rejas del colegio de Bachilleres, esperando a su chica, mirándose los zapatos desgastados, hundiendo sus manos dentro de la cintura del pantalón, ajeno al peligro, mirando con cara de poeta pedorro el cielo ulcerado por la contaminación. José Chon lo había definido bien, el pobre chico era incoloro como una tarde de chaparrón de septiembre, ese aretito en una ceja no menguaba su cara bondadosa. Cuando me vio acercarme, empalideció. Dio dos pasos atrás y salió disparado. La última vez que vi correr tan rápido fue a un venado por la tele al que, por cierto, dejaron tendido en plena hierba de un disparo.

Lamenté no estar en forma, enseguida me acribilló el dolor de riñones. Seguí tras Juanelo por las calles de casas de interés social de Culhuacán. Las piernas se me pusieron tembleques, aminoré la velocidad despacio, no de golpe, no quería sentirme indigno si algún curioso había estado atento a la persecución.

Juanelo, sin dejar de correr a todo trapo, volteó para ver si ya estaba a salvo. Le costó caro: se golpeó contra un poste y se tambaleó hacia atrás, el ruido hizo voltear a un tipo nalgón que pasaba con su perro peludo.

—¿Estás bien? —le preguntó a Juanelo en afán de socorrerlo.

—Está bien —respondí yo sacando la matona.

El tipo y el perro se escurrieron, uno acobardado, el otro orinándose, ya no recuerdo cuál hizo qué.

—¿Me va a matar, señor Gil? —me preguntó, ingenuamente, Juanelo Patraña.

Su estúpida pregunta hizo que levantara la pistola para darle un cachazo en la cabeza, pero al verlo parpadear los ojos, le tuve compasión, le pegué el golpe en la clavícula y le cogí del brazo.

—Ven conmigo. Tú y yo vamos a tener una charla de hombre a idiota. Si intentas correr otra vez, te dejo paralítico para toda tu puñetera vida de un balazo en el espinazo. ¿Te ha quedado claro, caguetas?

Me asombró escuchar en mi voz la de Marcial Oviedo. Quizá el mundo era un jodido laboratorio psicológico pervertido por la cadena alimenticia, el pez grande devorando al chico sin necesariamente tener hambre. O quizá yo era gay como decía Yayo, o quizá era mi propio abuelo reencarnado, pagando karma por venir de Galicia a cogerse a huichol y tenerla de sirvienta, no lo sabía. Lo único seguro es que deseaba ir en una dirección, pero siempre terminaba yendo en otra.

Durante el trayecto del sur al centro de la ciudad, sentados en un microbús con olor a *pacuso* (patas, culo y sobaco) y después en el Metro, intenté ser un padre para Juanelo Patraña. Le di consejos, le hablé del mundo cruel, de las mujeres, hasta de lo que no venía al caso; de su negro futuro por no ser hijo de alguien importante, de que México nunca saldría adelante si seguíamos teniendo gobiernos bananeros, de lo irreal de los sueños de juventud cuando la dieta se compone de El Gran Hermano y Coca-Colas, de que Prudencia conocería a un muchachillo rico que le robaría virginidad y la dejaría para otros cuando se aburriera y que ni aun así, él, Juanelo, toluqueño de cepa, sería el adecuado para consolarla.

—Si la amas —añadí, recordando un verso que vendían impreso en papel brocado—, déjala volar. Si regresa, es tuya; si no, nunca lo fue.

Llegamos frente a mi edificio, yo seguro de haber mellado su entusiasmo iluso, él descompuesto de la cara.

—¿Te ha quedado claro o quieres que sigamos hablando dentro del coche?

—Yo amo a Prudencia, señor Gil.

Lo metí al Datsun.

El combustible se acabó frente a una gasolinera en Vertiz. Metí las manos en los bolsillos de Juanelo, encontré un billete, le pedí al fulano de la gasolinera que pusiera esa cantidad al depósito.

—A ver adónde llegamos con esto —dije y me enfilé a la carretera vieja de Puebla.

Durante el trayecto, me tocó escuchar la biografía de Juanelo.

Había conocido a Prudencia en el colegio de Bachilleres. Coincidieron en un curso preparatorio para el examen de química. Fue amor a primera vista. Ella era todo lo que un muchacho pobre de Toluca podía soñar, y si ese amor le conducía a un trágico destino, qué más daba. Agradecería a Dios haber conocido a una «princesa» como Prudencia Matos. Ella lo amaba de la misma forma loca. Y en cuanto a la virginidad, esa «prueba de amor» ya se la había concedido en un hotelito de Tlalpan. Él sabía ganarse la vida trabajando en lo que fuera, y si las cosas se ponían feas en la ciudad, siempre estaba la alternativa de volver a su casa en Toluca, eso sí, llevándose a su linda Prudencia.

—Yo sé que no soy ni tan inteligente ni tan guapo, señor Gil, y está mal que yo lo diga, pero tengo mucho corazón y ganas de salir adelante. Dejé la escuela cuando me faltaban tres asignaturas, lo mío no es estudiar, ahora trabajo en un taller mecánico, gano mis tres, cuatro mil pesos mensuales. ¿A que eso no se lo ha dicho don José Chon? ¿A poco él estudió, a poco él es rico?

Ese mocoso de hocico prominente y cara de bestia había conseguido el amor de una muchacha bonita, ganaba más que yo y tenía metas en la vida, ¿por qué no darle una oportunidad?

Porque el mundo nunca es justo, y también porque me ganó la envidia.

Cosa rara, encendí la radio, dejé que el coche se llenara de una música suave y orquestal. Me hundí en mis propios pensamientos. Juanelo se relajó, seguro que mi semblante tristón y apacible le hizo creer que me había convencido. Echó la cabeza al respaldo, cerró los ojos, dijo el nombre de Prudencia entre las notas musicales.

Las franjas de coníferas comenzaban a aparecer a los lados de la carretera, dando atmósfera romántica al pobre tonto enamorado.

La carretera vieja de Puebla siempre está desierta.

Orillé el coche.

—Llegamos.

—¿Adónde?

—Baja.

Bajé primero, avancé despacio, de cara a la montaña cubierta por nubes frías, pateando las bellotas caídas de los árboles, el cielo tenía un suave color cartón. Juanelo llegó detrás de mí.

—Señor Gil —balbuceó—. ¿Qué hacemos aquí?

—¿Tú qué crees? —Inyecté en mi voz tono de despedida.

Le estaba dando la espalda, esperando oírlo pisar ramas, hacerlas crujir al salir corriendo. En vez de eso, lo oí sollozar.

—Es que yo la quiero —balbuceó.

Me di la vuelta despacio, apuntándole a la cabeza.

—No te dolerá.

Cayó de rodillas como un profeta al ver a Dios.

—¿Quieres que te tape los ojos?

Su llanto se hizo chiquito y apretado.

Avancé y le recargué la pistola en la puta frente. Sus ojos, rotos de llanto, me traspasaron, iracundos y al mismo tiempo llenos de terror.

—¡Señor Gil! ¡No es justo!

Una vez más esa verdad dicha como si fuera nueva. No es justo, nada es justo, el mundo no es justo. Me abrazó las piernas. Me puso un cachete contra los huevos.

—¿Tanto vale el amor de una mujer?

Lloró con fuerza.

—¡Responde!

—No…

—¡No te escucho!

—¡No!

—Eso está mejor, ahora repite conmigo, culero, Prudencia vale mierda.

—¡Vale mierda!

—Di su nombre.

Le costó decir cada palabra, un tanto por su significado y otro porque el llanto no lo dejaba hablar, lo dijo y lloró miserablemente. La amaba tanto que parecía sentirse un gran traidor por haber dicho esas palabras con una pistola en la cabeza.

—Aun así te tengo que matar, cabrón.

Dejó de llorar y sus ojos se volvieron dos signos de interrogación.

155

—Estás muy encoñado, nada me asegura que la dejarás en paz.

—¡Por mi mamacita que ya no la voy a molestar! ¡Se lo juro, señor Gil!

—¿Y qué crédito puede tener tu mamacita en esto? No tengo el gusto de conocer a la puta vieja.

Le empujé la frente con la pistola, luego le di con ella en la sien. Cayó botando sangre de la oreja. Corté cartucho y disparé cerca de su mano, la tierra brincó junto con un alarido salido de lo más hondo de la garganta del muchacho.

—El siguiente será en el culo, así que velo frunciendo para amortiguar la bala.

Juanelo se arrastró como escarabajo, abriendo la boca en redondo como un pez que no tiene oxígeno, parecía estar en medio de un ataque de nervios o de un infarto.

—Vas a morir por nada, qué tristeza, habiendo tantas mujeres en el mundo…

Disparé cerca de su cabeza.

Se enrolló más que un caracol. Le busqué la cara con el pie y le pateé el hocico.

—¡Perdoncito! ¡Perdoncito! —bramó.

—¿Qué palabra es ésa?

—¡Ya no la voy a molestar! ¡Se lo juro, señor Gil!

—De eso estoy seguro, los muertos no molestan, dame una razón para dejarte vivo.

—¡Que yo no le hago daño a nadie!

—Entonces tu reino no es de este mundo; adiós, Juanelo Patraña…

Se quedó quieto como esos insectos que se fingen muertos ante sus depredadores.

—¿Se supone que estás muerto? ¿Me quieres explicar entonces por qué te estás cagando?

Le di una patada fuerte en las nalgas y mi zapato salió volando. Fui a reparar ese percance vergonzoso. Cuando cogí mi zapato, Juanelo corría como un venado hacia la maleza de pinos.

—¡Date por muerto si regresas a Ciudad de México, puto toluqueño de mierda!

Disparé al aire.

Regresé al coche y me largué de ahí, el campo me estaba sacando ronchas.

La música orquestal me acompañó hasta que se terminaron los pinos al lado de la carretera y comenzó la franja oprimente de casuchas grises a la entrada de la ciudad. Apagué la radio, el Gil Baleares hijo de puta intolerante de la música había regresado.

El siguiente en escucharme fue mi padre.

—¿Qué coños pasó aquí?

La pecera tenía una rajada por donde se escurría el agua, los peces se veían estresados y resistiéndose a salir por esa grieta. Cerca del piso, la prueba del crimen, un cenicero grueso.

—¡Esa cabrona casi me mata de un cenicerazo!

—¿Lupe?

—¿Quién más?

—¿Qué pasó?

—¿Tú qué crees? Me aventó el cenicero, me agaché y le dio a la pecera.

—Ahora hablemos de las causas.

—No teníamos su paga completa. Dijo que le habías autorizado un aumento de sueldo, cuando le dije que no sabía nada del asunto se puso como loca. Debiste advertirme, la bruta se salió de sus casillas, se sintió burlada, naturalmente.

—¿Y no mencionó a un viejo que la ve cuando se baña?

Los ojos de mi padre se escabulleron mustios, se agachó a recoger el cenicero y fingió que le dolía la cintura.

—Habrá que poner a esos peces en una cubeta, Gil…

—¿No será que intentaste algo cuando la dejé contigo?

—Ya me cambiaste la pregunta.

—¡No seas cínico!

—No me hables así, que el que salió del forro de mis huevos fuiste tú. Últimamente te estás pasando y no lo voy a tolerar, te desquitas conmigo porque no te salen bien tus asuntos de trabajo.

—¿Qué es esto? —Le toqué un rasguño en la barbilla.

—Una mala afeitada.

—Sólo me faltaba que fueras un violador…

—Eso sí que no te lo tolero.

—Di la verdad para que pueda defenderte si te acusa.

—Cuando me tiró el cenicero, intenté darle un cabronazo, movió la cara y me conectó las uñas como gata, ésa es toda la verdad, soy un pobre viejo que ya no puede defenderse.

No hice más preguntas, marqué el teléfono, me contestaron con evasivas cuando pregunté por Lupe.

Fui al baño por una cubeta y puse los peces ahí. Conecté el motor y la sonda que generaba oxígeno a la cubeta. Las burbujas comenzaron a hacer un ruido desagradable.

—¿Están vivos? —preguntó el viejo.

Di un salto frente a él.

—¿Quién lavará tus calzones ahora que nos quedamos sin sirvienta? ¡Entiéndelo! ¡Te queda poco para convertirte en una planta y no puedes darte el lujo de echar a la poca gente que está contigo!

Nunca vi su rostro tan indignado, le pegaron duro mis palabras, pero se armó de valor para llevar su reclamo hacia otra parte.

—¡No puedo tener una mujer! ¡No puedo ver a una desnuda! —se quejó—. ¡Esto no es vida! ¿Qué daño hacía con mirar? ¡Jamás intenté tocarla, no soy de ésos! Voy a hacer algo extraordinario —agregó.

—¿Qué significa eso?

—Algo extraordinario y tú serás el responsable.

Se metió en su habitación y cerró la puerta.

Yo me fui a la mía. También con ganas de hacer algo «extraordinario».

Los ruidos eran idénticos a los que el fulano hizo al golpear mi coche con el martillo. Había de dos, los muertos querían la revancha o tanto trago me había vuelto loco. Lo peor es que no quería levantarme de la cama, de hacerlo, tendría que volver a luchar por un trozo de espacio en el jodido mundo.

Cuando volví a escuchar los golpes, di un salto de la cama y crucé el pasillo. El ruido de las burbujas en la cubeta de agua en la oscuridad de la sala me hizo imaginar que de prender la luz, me vería en uno de esos laboratorios de los villanos de las películas de luchadores enmascarados y vampiros extraterrestres. Corrí un poco la cortina. Dos fulanos intentaban abrir el Datsun torpemente, pero no eran los fantasmas de los chicos de la ley garrote. Éstos tenían cortecito de pelo estilo militar.

Fui a buscar el arma y descubrí una nota encima de la mesa.

Te dejo Gil, iré a morirme como las ballenas, no te guardo rencor aunque te lo merecerías por hijo de puta. Tu padre.

No me detuve a explicarme sus palabras. Me abrigué de pipa y chaqueta y bajé a encarar a los tipos.

—¿Qué se les perdió, cabrones?

—Somos dos contra ti —dijo uno sin voltear a verme.

El otro sí lo hizo:

—Y estamos armados mejor que tú, así que piénsatelo si te la vas rifar. ¿Tienes las llaves de esta mierda o la abrimos a madrazos?

—¿Por qué no se roban aquél? —Señalé el Opel de mi vecino—. Es nuevo y no gasta mucha gasolina.

—Ya está —dijo el que encajaba un desarmador y abría la

159

puerta del Datsun. Se sorprendió al oírla rechinar como si fuera mitad cartón, mitad fierro—. El jefe tiene razón, eres un puto muerto de hambre —agregó entre risotadas.

Ambos se metieron al coche.

—Esta mierda vale tus mil doscientos de hoy, mañana los pagas en efectivo o venimos a partirte el culo en cuatro, ya sabes de parte de quién es el mensaje…

Permanecieron un instante, truqueando el coche para echarlo a andar sin llaves. Metí la mano en la chaqueta y palpé la 45.

—De veras, hermano, no lo intentes, por tu bien.

Se llevaron mi viejo Datsun y me dejaron el corazón partido.

Nueve y pico de la noche, no iba lleno el microbús, lo agradecí, pero al chafirete se le ocurrió pensar que era la hora de las preferencias y venga, música de los años dorados del *rock and roll* a tope. *La Flaca Sally, Pólvora, Humo en tus ojos.* La canción del idiota que se estrella en la carretera y tira un rollo largo por su novia muerta. Yo no sé en otros países, pero en el mío no hubo peor trago de vómito que soplarse esas voces ñangas de cantantes de tupé, copiando las canciones gringas a pie juntillas.

—¡Muchacho! —le pedí lo más amable que pude al chofer—. ¿Le bajas a tu mierdita?

Se miró burlón con su mozo de estribo.

—Si no te gusta, vete a pie, culero.

Fui hasta el frente del micro e hice lo que no me atreví con los cabrones que me habían birlado el coche, le mostré la que hace injertos de plomo.

Un fulano que venía cerca de la puerta se arrojó fuera del micro; supongo que pensó que se trataba de un asalto y prefirió darse contra el suelo.

—No pasa nada —dije a los pasajeros, tratando de no hacerla más gorda—, lo hago por todos. Si no tenemos buen gobierno, al menos tengamos santa paz.

Estiré la mano y apagué la radio.

Volví a mi sitio. El micro avanzó a través de las calles y avenidas como un sepulcro andante.

Minutos después, bajé por la puerta trasera, respetuosamente.

Escuché el claxonazo mentarme la madre.

En los ventanales del gimnasio Cañonazo, de blanca y fea luz artificial, lo de siempre, unos pocos tipos haciendo sonar los aparatos de las pesas, sudando músculos, sacándoles dolor con fines inciertos. Subí las escaleras. Una mujer chiquitina como Pulgarcito, sentada en un banco alto, bostezaba, apoyada los codos sobre la mesa. Imaginé que era la secretaria de la que me había hablado Bazuca. Le pregunté por él.

—En el baño —gruñó sin amabilidad alguna.

Me dirigí hacia allá.

—Quítese los zapatos —dijo la mujer.

Miré la alfombra, era una bazofia, pero obedecí. Zafé mis zapatos sin desatarle las agujetas y los arrojé a un guardador de plástico donde estaban otros zapatos y tenis más apestosos que los míos.

El mismo tipo de la mañana, el que se había crucificado a lo Cristo, estaba ahí, dándose una nueva tunda, esta vez con pesas tamaño Hércules. Me miró con desprecio. Le devolví ojos de perro.

Abrí la supuesta puerta del baño; conducía a un recibidor y después a dos puertas más, de damas y caballeros según rezaban ese par de letreros desportillados.

Dentro del baño de hombres, se oía correr el agua. Entré, efectivamente, el agua corría por el grifo abierto. Recordando la publicidad de la tele, fui a cerrarla. En el trayecto descubrí unos pies saliendo de un apartado. Me acerqué a mirarlos.

161

Por la posición era obvio que el dueño de los pies estaba tirado dentro.

—¿Se encuentra bien?

No me respondió.

—¿Bazuca?

Intenté abrir la puerta, el cuerpo adentro no me lo permitió.

Entré al apartado de junto, subí encima del excusado y eché un vistazo al que me interesaba. Descubrí a Bazuca, ojos en blanco, la cabeza rota en dos como una jarra y junto a él, una mancuerna de las que se usan para hacer bíceps. Era evidente que con ésa se lo habían cargado.

Di un salto, salí de ahí.

No había tomado una decisión al respecto, afuera parecía todo muy normal. El fulano despectivo, los otros que hacían lo suyo, la pequeñita del mostrador, cualquiera de ellos podía ser el asesino o no haberse enterado de nada. Comprendí que yo era el único extraño que acababa de salir del sitio equivocado, así que pasé tranquilo hacia la puerta. Me calcé lo más rápido que pude, junto a mí había un colocador de mancuernas. A Bazuca le habían desacomodado los sesos con una de 30 kilogramos.

—¿Se va a inscribir? —me preguntó la enana.

Me armé valor y le pregunté:

—Bazuca iba a darme un nombre, el de un cliente rengo que ya no viene.

La mujer se encogió de hombros. Volví a intentar marcharme.

—¿Mi marido sigue en el baño? —interrogó algo inquieta.

Ya no me detuve. De reojo, vi a la chiquita saltar del banco, bajé las escaleras.

Cuando salí a la calle, escuché el esperado grito. Después, golpes fuertes en las ventanas. Dos fulanos me reclamaban que no me fuera. Corrí y trepé en el primer microbús que pasó.

La música caribeña sonaba alto, nunca oí rascar un güiro de forma tan espeluznante, tres muchachos cantaban en el microbús. Los pasajeros parecían reír de mí. Yo pensaba en Bazuca, en el bazucazo de fierro en su cabeza de toro robusto.

Hice lo que nunca: pedí fiado al vinatero dos botellas de tequila cien por ciento agave. Si uno va a empedarse, tiene que ser con cosa buena, mucho cuidado con el tequila que no dice cien por ciento agave; los químicos se van directo hacia las células y les dan una orden, ¡multiplicaos como quieran! Cáncer seguro.

—¿Por qué no? —dijo el viejo asturiano—, te conozco desde hace mucho. ¿No irás a no volver por no pagar?

Sonreí.

Subí los escalones destapando la primera botella. Recordé que mi padre había dejado un mensaje antes de largarse. No pude traer a mi memoria las palabras exactas, sólo el sentido del texto, que se iba y algo de unas ballenas muertas. Maldije la bebida, su forma de asesinar neuronas, aun así empiné hondo.

Releí el mensaje de mi viejo.

Te dejo, Gil, iré a morirme como las ballenas. No te guardo rencor aunque te lo mereces por hijo de puta. Tu padre.

Críptico. Cada idea era digna de ser descifrada, lo hice mientras me preparaba unos chilaquiles, quería comer algo para aguantar el tequila. Te dejo, Gil. Eso estaba claro porque se había ido. Iré a morirme como las ballenas. He ahí el misterio, eso y que no supiera hacer unos chilaquiles decentes, pero me faltaban las tortillas adecuadas y el chile no era bueno. Morir como las ballenas podría significar que se tumbaría en la playa hasta que llegara su fin, quizá en su Acapulco añorado.

O bien la metáfora de una muerte triste, pues triste es que las ballenas, sin razón aparente, salgan a dejarse morir en las playas dando hondos lamentos que nadie comprende.

Y por último, el golpe de crueldad: No te guardo rencor aunque lo mereces por hijo de puta. Tu padre. Por un lado, la generosidad cristiana y por otro, el latigazo de odio. A veces me costaba creer que el viejo tuviera alzheimer, no con ese ingenio para herir mañosamente.

Lo cierto es que esta vez no pensé en llamar a Locatel, me rendí. Necesitaba beber, eso es todo. El plan era haber dado cuenta de las dos botellas cuando se esfumara la noche y llegara el mediodía, dormitar a ratos, hurgar en la alacena en busca de galletas Marías. Si acaso, ver un trozo de película en blanco y negro de actores que ya estaban muertos, nada que me llevara a laberintos mentales. Había que evitarlos. A partir de ese momento, Gil Baleares era otro, al anterior lo echaba de mí de la misma forma en que los africanos se sacan espíritus del cuerpo para hacerlos bailar, fumar puros y dar consejos, yo sacaría a Gil no para eso precisamente, sólo para darle una patada en el culo. Sus broncas no eran mías, ni su coche robado, ni Bazuca muerto, ni Alicia del Moral, ni una hija que tal vez no era mía, ni una madre que pudo ser puta de cabaret, ni un padre loco, nada me pertenecía ya.

Escuché el ruido del timbre en la puerta engrandecido a causa de dormitar borracho, bastó sólo media botella para ponerme fuera de combate. La mitad sobrante y la botella sin abrir estaban sobre la mesa, espetándome etílicas burlas, diciéndome ya no eres el de antes. Aparentemente eso era bueno, sería la forma de parar la destrucción paulatina de mi hígado que inicié a los catorce años de edad, pero ¿qué sería de mí si también me arrebataban el derecho a ser borracho? No me quedaría demasiado.

Abrí la puerta. Un Mariano del Moral bañado en llanto me soltó:

—¡Ya me cargó la chingada, Gil!

—Ya somos dos —lo invité a pasar.

Entró, abrió la botella y bebió con rabia.

—Déjeme adivinar, su nuevo policía no logra resolver la bronca.

—Ya no hay nada que hacer —dijo sepulcral—. Alicia está muerta.

Sóplale a la vela, joder. Un dolor de estómago me trinchó haciéndome caer en el sillón. No supe si era por el alcohol ingerido o por hacer mía la tragedia de ese hombre hundido como un buque americano por los nazis. El caso es que intenté decirle algo, pero sólo conseguí menear la cabeza.

Del Moral clavó la mirada en la cubeta con los peces. Sus ojos brillaron de esa forma en que sucede a los locos cuando los ataca un destello de genialidad.

—Sí —balbuceó con una leve sonrisa—, morir, morir pronto…

Y las burbujas en la cubeta acompañaron su sentencia de forma siniestra.

—Oiga —le dije, sirviéndome el resto de la primera botella—, si quiere hablar, lo escucho; si quiere consejos, puede que se los dé; pero si quiere hablar de muerte, se equivocó de sitio: aquí ya hay demasiados difuntos revoloteando en el aire…

—Quiero que me escuche, Gil.

Asentí una sola vez.

—Hace tres horas, Marcial Oviedo, gente de la PGR y yo fuimos a llevar el dinero del rescate a cierto sitio en Santa Fe, dos millones de pesos. Los secuestradores aparecieron en un todoterreno. Bajaron. Eran tres. Sucedió muy rápido. Mataron a los siete agentes sin problema alguno, a pistoletazo limpio, como si fumigaran cucarachas. Sólo eran tres, pero se cargaron a todos, incluyendo a Marcial Oviedo, me parece…

—¿Le parece?

Asintió y bebió hasta el fondo.

El tipo me acababa de contar una escena de un espagueti *western*, pero no puse objeción. Su relato merecía respeto.

Del Moral se acercó a los peces.

—Arrastraron a Marcial Oviedo al todoterreno, lo metieron en el maletero, se lo llevaron, no sé para qué si ya iba cocido a tiros…

—¿Y usted?

—Yo nada, aquí estoy, sin un rasguño. Cogieron el dinero de mis propias manos. —Del Moral las mostró como si le repulsaran—. ¡De estas putas manos, Gil! —Se las llevó a la cabeza—. ¡Me dejaron vivo! —lamentó y se arrancó los pelos—. ¡Vivo para regresar a la casa a darle un mensaje a mi mujer!

—¿Qué mensaje?

—«¡Vamos a matar a tu puta hija ahora mismo!»

El hombre se derrumbó despacio en el sofá, a llanto partido.

—Cálmese, tal vez mintieron, tal vez quieren más dinero, tal vez…

Ni yo me creí mi propio cuento. Abrí la segunda botella. Bebí largo. Di unos pasos, miré los peces atrapados en ese cilindro sin horizontes, vil plástico de feo color azul plomizo, animados a golpe de burbujas sin comparsa, comiéndose sus propias heces porque el alimento se revolvía demasiado rápido a causa de la sonda infame.

Comprendí que eso no era vida y desconecté el oxígeno.

—Y como remate —dijo Del Moral—, Estrella me pidió el divorcio, dice que de hombre sólo tengo lo que me cuelga entre las piernas —agregó mordaz contra sí mismo.

Se sirvió un trago más, bebió hasta el fondo, me dio las gracias y se marchó. No intenté detenerlo, ambos estábamos enfermos, yo del cuerpo y él del alma. Me pareció haberle dado un consejo antes de que saliera por la puerta, «no asuma ese estúpido cliché del amor de madre por encima del amor de padre». No estoy seguro si le dije eso o sólo articulé algunas palabras de borracho necio cuando ya estaba solo.

El caso es que, al abrir los ojos, deliraba. Fui a sentarme bajo la regadera con todo y ropa. No quería morir, tampoco vivir. No sabía si tal ansiedad era el efecto del *delirium tremens* y su funesto desenlace o sólo otra resaca más. Recordé haber sacrificado a mis peces y comencé a llorar, los había amado, otra vez el karma instantáneo, alguna vez ideé hacerle un daño semejante a Carmelo y a su perro *Jocoso* y el mal se había vuelto contra mí.

Me gustó llorar, me gustó sentir que el llanto me empapaba la cara y se mezclaba con el agua de la regadera. Y el agua terminó por convertirse en un bálsamo frío pero edificante. Me eché en la cama hasta que dejé de temblar. Alicia estaba muerta, también el invencible Marcial Oviedo, empapelado con todo y traje Hugo Boss, y Bazuca, y dos tipos a los que entre él y yo nos cargamos en los rieles del tren, y por poco mi padre se moría, y también Yayo y Óscar, todo el mundo, todo el mundo en la ciudad estaba muerto, incluyendo a mis amigos de la infancia que nunca volví a ver, pero que de vez en cuando venían a mi mente convertidos en fantasmas, porque eso eran, fantasmas que nunca podían quedarse más de tres segundos en mi cabeza.

Definitivamente, el tequila me había hecho demasiado daño, ya no estaba para esos trotes, la vida me quedaba grande. Mi única ansiedad era saber cómo podía levantar una bandera blanca, ¿a qué enemigo invisible decirle, me rindo? ¿A Dios o al demonio? ¿Al azar o al destino?

Dormí las horas, todas las horas completas de la humanidad. Entre sueños supe que se iba la mañana plagada de lejanos ruidos y de luminosidad a bocajarro, la tarde terca, el co-

167

mienzo de la noche. Al despertar, no me dolía la cabeza, tampoco el alma por los muertos, no sentí desazón alguna por la ausencia de mi padre.

Sonó el timbre. Abrí enseguida; era Ginebra.

—¿Se puede pasar?

Me hice a un lado, le advertí que no había nada de beber.

—Agua es suficiente.

Rumbo a la cocina, fui recogiendo las botellas vacías, un cojín que Del Moral había empañado de mocos y de llanto, envolturas de galletas María, la cubeta con los peces pálidos y muertos.

—¿Con hielo?

—Sí, gracias. Oye, Gil, tienes muy preocupado a tu amigo Osiel.

—No quiero la ropa —dije desde la cocina.

Regresé y le di el vaso con agua, bebió un poco y me clavó una mirada firme.

—¿Qué? —la interrogué incómodo, pero agradado por esa mirada.

—Nada. ¿Dónde está tu padre?

—Se esfumó.

—¿Qué significa eso?

—Se fue de paseo, tardará en volver, tal vez no lo haga.

—¿Y tú?

—Yo estoy bien, díselo a Osiel.

—Se lo diré. Vimos las noticias.

—¿Qué noticias?

—Vimos un coche lleno de agujeros y varios hombres ejecutados. Dijeron que no pudieron rescatar a Alicia del Moral.

Di un largo suspiro y me tallé los ojos.

—¿Por qué no te tomas unas vacaciones, Gil?

—Claro, me sobra dinero para eso…

—Osiel tiene un amigo en una agencia de viajes, consigue boletos a mitad de precio. ¿Conoces Cancún? ¿Podemos ir los tres? Te adelantas y te alcanzamos en una semana o yo me voy contigo y Osiel nos alcanza...

Torcí la boca.

—Osiel te puede prestar lo que necesites, luego se lo pagas o no, a él seguro que le da lo mismo.

—Gracias, pero no.

—Eres duro contigo y con él. ¿Sabes que te quiere como a un hermano? Siempre me anda contando de cuando eran policías; me habla mucho de tu padre, le tiene un gran respeto, dice que le enseñó muchas cosas, dice que...

Me levanté exasperado. Fui a la cocina, le quedaban unas gotas a la botella de tequila, las sacudí en el aire y las sentí caer en mi lengua como en una plancha ardiente.

—¿Cómo te podemos ayudar? —La voz de Ginebra estaba detrás de mí.

Su mano me quitó la botella despacito, la llevó despacio a la mesa. Yo me quedé quieto como ratón sin salida. El aliento de la muchacha me taladró el oído por detrás. Se puso frente a mí y me descubrió mirando el suelo, levantó mi cara con la suya buscándome la boca, sus ojos no se estaban quietos, revisaban mis reacciones impunemente. Me sentía ridículo por su estatura, porque se inclinara para besarme. La cogí con ambas manos del talle de tersura increíble. El beso fue largo, lleno de colores, hasta que un timbrazo nos detuvo.

Ginebra parecía esperar mi decisión.

Fui a la sala y levanté la bocina.

Era una de las meseras de Vips, el rengo estaba bebiéndose un café. Respondí que lo mantuviera en ese sitio y colgué. Al volverme, descubrí a Ginebra junto a la puerta de la cocina.

—Tengo trabajo —le dije—, pero volveré enseguida...

La chica me miró como una princesa puede mirar a un panadero que pretende hacerla esperar, sonrió cargada de desdén elegante y se marchó. Arrepentido de mi estupidez, la es-

169

cuché bajar por completo los escalones del edificio, pero no corrí a alcanzarla.

«Nunca te has tirado a una mujer alta de los Países Bajos», bromeó mi vocecita interna. «Sólo en la tierra de Nunca Jamás», me respondí.


—¿Tiene un cigarro, amigo?

—Aquí no se puede fumar —respondió el rengo, señalando con sus ojos vivaces el letrero de PROHIBIDO, mientras salivaba su dedo y después cambiaba la página del periódico deportivo color sepia.

—Cuando se me antoja, no se puede, y cuando se puede, no se me antoja.

—Y aunque se pudiera se equivocó de persona, yo no fumo.

—Ya veo por qué no, es usted uno de esos tipos de gimnasio. ¿Levanta pesas?

—Sí —dijo con fingida naturalidad, aunque exudaba un ego de Pancho Villa en su esplendor—. Siete horas diarias de rutina…

—¿Cuánto tardaría yo en tener un cuerpo como el suyo?

Pegué en el blanco. El tipo mostró una hilera de dientes fuertes y parejos, pedía más adulación.

—¿Un año? ¿Dos? Hay alguien a quien quisiera causarle una buena impresión.

—¿De qué edad estamos hablando?

—Veintitrés o veintiséis, no lo sé bien, se trata de alguien joven.

—Me refiero a usted.

—Ah, yo tengo cuarenta y seis…

—Pues no es lo mismo empezar el ejercicio a los veinte que a los cuarenta o los sesenta, aunque siempre se puede hacer algo para deshacerse de esa barriga.

—Esta barriga está bien en su lugar, soy como esos animales que se guardan la comida en el buche para los malos tiempos, que son muchos en mi caso...

El tipo me sonrió coquetamente.

Areli, la mesera, se acercó a llenar nuestras tazas de café, no pudo evitar echarme una mirada detectivesca. El rengo y yo hablamos otro buen rato de músculos y anabólicos. Después pasamos a temas personales, le tiré el cuento de que había trabajado en un barco camaronero que explotó en el golfo de México. No parecía un tipo inteligente. Me dijo que él se dedicaba a los seguros de vida.

Terminó su café, miró su reloj y dijo que tenía que marcharse. Insistió en pagar mi cuenta, no puse objeción. Le pregunté si tenía coche; cuando dijo que sí, le pedí que me llevara.

—Vamos, pues. ¿Cómo te llamas?

—Ángel —mentí.

—Pues vamos, Angelito —guiñó un ojo.

Antes de salir, yo le guiñé el ojo a la mesera. Ella hizo lo mismo.


El coche del rengo no era la gran cosa, un viejo Camaro de los que hacían ruido al estilo años setenta, color marrón metálico, asientos de piel de vaca y un feo muñeco vergón colgado del espejo retrovisor. Olía a perfume dulzón de fresa.

El rengo metió el acelerador a fondo.

—¡La velocidad me chifla! —exclamé con mi mejor voz de marica.

El rengo me dejó caer la mano sobre la pierna.

—Hay un motel aquí cerca...

—Espero que tenga hidromasaje —apostillé.

Dio la vuelta, entró directo al estacionamiento de cemento crudo de un motel barato llamado La Séptima Ola. Lo esperé dos minutos en el coche mientras pagaba la habitación. Volvió alegremente.

—¿Bajas ya, Angelito?

Subimos unos escalones estrechos mientras una pareja los bajaba. Cuando la pareja se largó cuchicheando, el rengo me cogió la nalga.

—Paciencia, mi niño —le dije.

Entramos a la habitación, él por delante. Se dio la vuelta para besarme y le di con la cacha de la pistola en la puta boca. Tronó sabroso, pero se recuperó enseguida y se lanzó sobre mí como toro en la plaza de Las Ventas. Forcejeamos por el arma, caímos en la cama, ya me daba por perdido, pero el rengo titubeó y yo hice el movimiento rápido de coger una almohada, ponérsela en una pierna y meterle un tiro encima.

Bramó, jadeó y se quedó paralizado.

Me levanté rápido a cerrar bien la puerta mientras el fulano medía la gravedad de la herida.

—¡Me disparaste, puto! —chilló por fin.

—Y en la pierna buena.

—¡Maricón de mierda!

—Baja la voz; si alguien viene, tendré que reventarte.

Tocaron a la puerta.

—¿Todo está bien? —preguntó una voz delgada.

Respondí que sí, cuando oí pasos alejarse, volví a la cargada.

—¿Tienes nombre o prefieres que te llame Rengo?

—Chingas a tu madre —tartamudeó el tipo, levantando un poco la cara hacia su pierna.

—No sale sangre, Rengo, pero si no vas pronto a un médico, podrías pescar una infección y perder la pata. ¿Te imaginas?, rengo de un lado y del otro lado sin pierna…

—¿Qué quieres de mí, cabrón?

—Acabas de hacer la primera pregunta inteligente. Por cierto, cuando en el Vips te pregunté cuánto tiempo me tomaría tener un cuerpo como el tuyo, no hablaba en serio. Estás deforme, y mírate las piernas, si sigues poniéndote mamey de arriba, las terminarás rompiendo como dos palillos.

—Tu cuerpo sí que da asco.

—Tu amiguito Óscar no me veía de ese modo…

—¿Óscar?

Le dejé buscar sus propias respuestas.

—¿Todo esto tiene que ver con Óscar? —interrogó incrédulo—. ¿Te lo estás tirando? ¿Me disparaste sólo por ese putarrete?

—Se trata de otro asunto…

—¿Entonces qué? ¡Di ya qué quieres! —Comenzó a temblar de dolor.

—Alicia del Moral.

Titubeó al decir que no la conocía, su vacilación me hizo sentir en el camino correcto. Lo siguiente era encontrar el método para hacerlo hablar. No sería fácil. Su pierna le preocupaba, pero aguantaba el dolor bastante bien.

Me lo tomé con calma y fui a buscar una bebida al frigorífico. Había botellitas minúsculas de brandy, tequila, ron, vodka y ginebra. Se me antojaba el brandy, pero la ginebra me hacía ojitos, pues me recordaba el palo fallido que estuve por echarme con ojos azules. Me decidí por la ginebra.

—¿Quién mató a Bazuca? —volví sobre el rengo.

—Ahora Bazuca…

—Te lo cargaste cuando te dijo que alguien fue a buscarte al gimnasio, quizá te quiso chantajear con darme tu dirección si no pagabas su silencio y por eso resolviste aflojarle los sesos a mancuernazos…

—No sé de qué me estás hablando, hijo de tu pinche madre.

—Muy bien, rengo maricón, si no quieres cooperar, nos quedaremos aquí hasta que te mueras. —Abrí la botella y bebí saboreando.

—¡No conozco a Alicia! ¿Es tu mujer? ¿Crees que me la estoy tirando?

—Mal intento, cuerpo de monstruo. Dejemos a Alicia para más tarde. ¿Qué hiciste con los setenta mil pesos?

—Me está doliendo mucho la pierna —se quejó—, si me desmayo, no te serviré de nada.

—Si te desmayas, te despierto a vergazos, y no le des a esa palabra un sentido que no tiene pero que te gustaría. ¿Qué hiciste con los setenta mil varos que cogiste del baño?

—Me estoy desmayando…

—¿Te los gastaste en ese puto Camaro de mal gusto?

—Me los gasté con tu mamá.

Eso sí me encabronó de súbito, imaginé a mi madre bailando tetas al aire para los borrachos en La Vieja Andorra. Me levanté del sillón, fui hasta la cama, le puse esta vez tres almohadas encima de la misma pierna al rengo.

—¿Qué estás haciendo? —preguntó temeroso.

Le metí otro tiro. Enseguida, cambié las almohadas a su boca para ahogarle el grito. Cuando se las quité de la cara, estaba desmayado. Cogí una botella de agua del frigorífico, iba a echársela en la cara al rengo, pero despertó por su propia cuenta.

—¡Puto, puto loco! —chillaba desgarradoramente.

—Habla o sigue un brazo.

—¡Yo sólo puse la casa! —confesó.

—¿Qué casa?

No respondió, acerqué la almohada a su estómago.

—¡La pinche casa donde se llevaron a la muchacha! ¡No me mates, cabrón!

—¿La tienen ahí?

—¡Sí!

—Iremos juntos a buscarla.

—Nos van a matar a los dos, pendejo.

—¿Cuántos hay?

—Tres, pero el chino es el más cabrón.

—¿Quiénes son los otros dos?

—Sara y Pepe 4.

—¿Son peligrosos?

—¿Tú que crees?

—¿Quién es el jefe?

—Pepe 4.

—¿Cómo es la casa?

—¡Puta madre! ¡La quieres alquilar o qué chingaos! ¡Ya te dije todo, ve por la puta niña y déjame aquí para que llame a un médico!

—Eso no es posible y tú lo sabes, tendrás que venir conmigo.

—¡No llego vivo!

—Verás que sí, un poco de optimismo, hombre. —Intenté levantarlo, comenzó a poner los ojos en blanco, así que lo devolví inmediatamente a su lugar. Abrí el botellín de agua, le hice beber un poco. Comprendí que si lo quería llevar conmigo, tendría que detenerle la hemorragia.

—Voy a hacerte un torniquete. Usaré tu camisa, yo tengo pocas.

Gruñó con la boca cerrada como dándose fuerzas para no desmayarse, sus ojos me miraban aferrados a la vida. Le quité la camisa, la rasgué de un tirón.

—Ahí se está haciendo un remolino. —Señaló asustado un rincón del techo.

—Sigue respirando, Rengo, voy a apretar fuerte la camisa, ¿de acuerdo?

—Mira el remolino, puto, mira el remolino…

—Aguanta, aguanta un poco…

Apreté con fuerza la camisa en su pierna y en vez de que la sangre se detuviera comenzó a extenderse por todo el pantalón y la camisa. El rengo puso ojos de espanto.

Quité la camisa y comencé a bajarle rápidamente los pan-

175

talones, no supe qué había hecho mal cuando vi su pierna bañada en sangre, quizá le había jodido la femoral. Levanté los ojos para decirle alguna mentira de su situación, pero no hizo falta: la mirada del tipo estaba fija en el techo de la habitación.

«La cagaste, Gil Baleares», me dije mientras me lavaba las manos. Había matado a mi único nexo con Alicia del Moral.

Regresé a hurgarle los bolsillos al muerto, su cartera tenía cuatrocientos pesos y una foto de Brad Pitt. Me guardé el dinero y mandé a Pitt al carajo. Moví al rengo para revisar los bolsillos traseros y cayó de la cama. Cogí las llaves del coche y salí.

Afuera, en la administración del hotel, el encargado me lanzó una mirada morbosa.

—¿Ya listo?

Hice una seña con mis manos de que mi «amiguito» se había quedado dormido. El tipo me sonrió mordaz.

Subí al Camaro y lo saqué en reversa del estacionamiento.

Mientras me enfilaba rumbo al sur de la ciudad, saqué cosas de la guantera. Una fusca calibre 22, lentes oscuros, lubricantes de golfo de baños públicos y la credencial electoral del rengo. Camilo Mota del Río Cueto. Dirección en Iztacalco.

Me encaminé por una calle estrecha, reaparecí en una arteria ancha y esta vez me enfilé rumbo al oriente de la ciudad.

Al poco rato, crucé frente a la concesionaria de coches y me tocó mirar cómo dos fulanos quitaban el letrero de las rebajas de septiembre. Uno de ellos era Aniceto Pensado.

Lamenté no haber encontrado la forma de que el rengo me diera los setenta mil machacantes, pero me consolé pensando que si las cosas no salían bien, podía vender el Camaro en la colonia Buenos Aires a la runfla de desvalijadores. Quizá me darían los diez o quince mil pesos y con esa plata llegaría a fin de mes y recontrataría a Lupe. También podría vivir a cuerpo de rey una semana en Cuernavaca en el viejo hotel La Selva, donde haría un *ménage à trois* con morfina y Ginebra embotellada.

Una procesión luctuosa me hizo ir a vuelta de ruedas sobre la avenida Santiago en Iztacalco, el grupo de dolientes se dirigía al panteón con el protagonista en hombros, pero no de pie, sino vertical y en su estuche de metal gris, gris como mi Tsuru perdido. El aire olía a humo de velas. Hubiera sido irrespetuoso tocar el claxon para que esa larga fila se dispersara; no lo habrían hecho, más bien me habrían linchado. No había forma de decirles que el muerto estaba muerto y Alicia del Moral tal vez con vida.

A los lados del Camaro, pasaban chorros de gente, ninguno lloraba, incluso iban con aires de paseo. Decidí aparcar antes de llegar a una avenida ancha que cruzaba Santiago. Me escondí la fusca calibre 22 en el calcetín y revisé que la 45 estuviera en mi costado, después marché unido a la procesión, despacio, pero rebasando discretamente a las personas hasta que llegué junto a los tipos que cargaban el féretro.

Ese espectáculo habría sido imposible en otra parte de la ciudad, Iztacalco aún tenía aires prehispánicos, no en sus casas desiguales de autoconstrucción y varillas salidas como puñales en las azoteas, pero sí en sus costumbres.

La alarma de un reloj de mano me hizo mirar el mío. Eran nueve con veinte de la noche. No fue difícil encontrar la calle que nombraba la credencial del rengo, Tizoc, pero sí el número, no existía el 25 y no era buena idea tocar puertas al azar. El ruido chispeante del aceite hirviendo me hizo descubrir un puesto de fritangas en la esquina. Fui y pedí dos quesadillas de sesos y una Coca-Cola. Enseguida, recibí miradas de pisar terreno ajeno por parte de la vendedora y de los tres fulanos que comían ahí de pie. Decidí cenar tranquilamente y

177

volver con luz de sol, acompañado por algún recomendado de José Chon, bueno para el riesgo.

—Dos de *calne*.

Era un chino fuera de lugar en Iztacalco.

—¡Gil *Baleales*! —me espetó alegremente.

Me sentí desenmascarado.

—Inada Yushimo, *secundalia* 148.

En cuanto dijo eso, un rostro redondo de ojos orientales, de dientes frontales encontrados, vino a mi cabeza como un rayo caído en la montaña. También el apodo con el que lo jodíamos los demás preadolescentes: *Chingadasuchina*.

—¿Gil?

—Sí, Gil, cuántos años, ¿verdad?

—*Tleinta y tles*, la edad de *Clisto*. —Inada soltó una carcajada que animó a los extraños que estaban ahí comiendo, eso pareció relajarlos y convertirme *ipso facto* en conocido.

178

Vinieron las preguntas obvias, las medias verdades. Inada me dijo que era dueño de una refaccionaria de coches, yo agente de seguros. Dijo que tenía tres hijos y que los tenía estudiando en Europa; yo, una hija y una mujer que me adoraba. Le pregunté si había vuelto a Japón. Negó sin palabras. Cuando se acabaron las preguntas, hubo un silencio incómodo, el de dos tipos que ya no encuentran suficiente el ayer para sostener el presente. Nos dimos direcciones y teléfonos, falsos por supuesto. Chingadasuchina me estrechó la mano, suave mano pequeña, yo le di la mía viéndole la frente lisa y pensando ahí le metería un tiro dentro de poco tiempo.

Se alejó por la calle, decidí que lo seguiría cuando me aventajara diez o quince metros, tendría lista cualquier excusa si volteaba a verme. La suerte o el peligro vuelto imán estaban de mi parte: no tuve que seguirlo; entró en un portón negro de la misma calle sin que yo me moviera del puesto de fritangas. Pagué la cuenta, di las buenas noches y eché a andar en dirección contraria a la puerta. Rodeé toda la calle y volví por el sentido opuesto. Sin detenerme, miré la puerta: era el número 25. El rengo había dicho la verdad.

De nuevo di vuelta a la calle, detrás de la casa había una vecindad con un patio largo. Se oía el ronroneo de los gatos y el goteo del agua en una tinaja. Al fondo del patio se levantaba un muro que en la oscuridad, me pareció desportillado. Crucé sin pensarlo dos veces, llegué al muro, acerqué un tambo y me subí encima a echar una mirada. Del otro lado del muro había un patio pequeño. Subí la barda y me descolgué sin bronca. Lo siguiente fue decidir entre una puerta o la escalera de caracol que llevaba a un segundo piso. Opté por la escalera, siempre me sería ventajoso bajar desde un segundo piso echando tiros.

Al final de la escalera, me encontré con una puerta, hice visera con la mano tratando de aclararme el interior de la habitación. Mi propia cara se dibujó en el vidrio, fantasmal y traslúcida. Saqué la 45 y abrí sin más.

—No te muevas —le ordené a un bulto sentado en una silla.

Llevé una mano al botón de la luz sin dejar de apuntar. El hombre de la silla no se movió. Descubrí en esa cara deforme a Marcial Oviedo, sus ojos eran dos manzanas reventadas que chorreaban una miel pegajosa color oscuro. Lo moví con un pie y estuvo a punto de caerse de la silla, lo detuve antes de que hiciera ruido. El ángulo que su cuerpo formó con la horizontal de la silla tuvo la suficiente inclinación para mostrarme la descarnada imagen, tenía un martillo metido entre las piernas, sólo la cabeza de fierro transversal estaba afuera.

Más allá, sobre un buró había un frasco de crema abierto, medicinas y jeringas.

Volví a mirar a Marcial, recordando su altanería de buen gusto. Se la había llevado consigo.

—Se movió como una puta —espetó una voz.

Inada apareció en la puerta opuesta a la que usé para en-

179

trar, es decir, en una que conducía a la casa, me apuntaba con un cuerno de chivo. Intenté levantar la 45.

—*Segulo* te *leviento*... —me advirtió.

Dejé caer la pistola al suelo. Con la punta del cuerno de chivo, Inada me indicó que me alejara del muerto. Obedecí y Marcial cayó de costado contra el piso, su cabeza escupió una masa repugnante. Me extrañó que no oliera mal. El chino parecía disfrutar con mi asombro, sus facciones se estiraban y sus ojos se hacían invisibles, pero no por eso dudé de que me seguía observando.

—Ven...

Obedecí, pasé por delante de Inada, esperando recibir un golpe o una ráfaga de tiros en la espalda.

—Sigue...

Bajé una escalera amplia de piso de mármol blanco, no echando tiros como lo había planeado, sino capturado. Abajo estaba una mujer y un hombre, jóvenes los dos, jugando algún juego de tablero, había tragos y una caja de Marlboro colocada casi al borde de la mesa.

—Sara y Pepe 4 —saqué la voz.

Me miraron a la defensiva.

—Camilo me envió para decirles que...

—¡*Ciela* hocico! —Inada me mandó escalones abajo con la culata del cuerno de chivo pegada a la espalda.

Rodé hasta los pies de la mujer. Me miró desde sus ojos inexpresivos, parecía una muchacha no de baja condición social. Yo, desde el piso, le devolví un gesto sereno. Pepe 4 se puso de pie y ladeó la cara para mirarme, su pelo largo le rozaba el filo de los ojos; esbozó una sonrisa:

—¿Y tú qué, pedo?

Reconocí en su tersa voz al tipo que había jodido a Del Moral con las llamadas telefónicas.

—Camilo Mota del Río —insistí—, me dijo que viniera a cobrar...

—¿A cobrar qué?

—Gil *Baleales* se llama —reveló Inada—, su *padle* es un puto judicial.

Miré a Inada.

—Saliste en el *peliódico*, pendejo, te *enconltalon* cogiendo con dos putos, ¿no te *acueldas*? Así que no te hagas el anónimo.

—Camilo me dijo que viniera —repetí—, dijo que…

Inada me interrumpió golpeándome con el cuerno de chivo en la boca. Coloqué la punta de la lengua contra mis dientes superiores y los moví con relativa facilidad.

—Súbelo pa'rriba y dale ley garrote —ordenó Pepe 4.

Me levanté del suelo antes de que me lo pidieran de mala educación, subí las escaleras por mi propia cuenta. Detrás de mí venía el chino. Miré hacia abajo, la mujer era realmente una belleza felina de piel color nogal, tenía clase. Pepe 4 regresó a su sitio frente al tablero. Reiniciaron la partida sin mayor problema.

Ya en la habitación, Inada me ordenó bajarme los pantalones, obedecí pudoroso hasta la altura de mis tobillos, palpando al paso la calibre 22, que seguía metida en el calcetín. Cuando Inada vio mi bulto sonrió placenteramente. Me advirtió que se me pondría erguido al sentir el martillo adentro. Se desplazó sin dejar de apuntarme con el cuerno de chivo, brincó sobre el cadáver de Marcial Oviedo y llegó junto al buró. Cogió el frasco de crema.

—Como somos viejos amigos —dijo mostrándome el tarro—, suavecito…

Calculé mis oportunidades, no eran muchas, una remota e improbable, sacar la 22 del calcetín y disparar, eso frente a la velocidad de un cuerno de chivo y no tropezar con mis pantalones atascados en los pies.

—No entiendo que haces metido en esto…

—¿Vas a *hacelme* platiquita?

—Pensé que de grande serías comerciante al mayoreo…

—¡Ay! —Inada se dobló un poco, riendo y lamentándose sin que yo entendiera por qué—. ¡Ay! ¡Ay! ¡Ay! ¡Qué puta *memolia* la tuya! ¿De dónde piensas que salió la ley *galote*? ¡Los *cablones* de la *secundalia*! Ellos me la *enseñalon*, *ahola* yo la patenté.

Me ordenó sentarme en la silla donde había estado Marcial. Inada hundió el mango del martillo en el frasco de crema sin dejar de mirarme, se acercó y colocó la punta del martillo entre mis piernas, sosteniendo el cuerno de chivo con una mano. Abrí las piernas todo lo que pude. Inada se sorprendió tremendamente.

—¡Así *mejol*! ¡Así *mejol*!

El cadáver con gesto de espanto de Marcial Oviedo a medio metro de distancia me pareció mi futuro más próximo, la puerta por la que había entrado, una añoranza. Dos lagrimones saltaron de mis ojos cuando vi el martillo a mitad de camino. Le sentí correr, atropellar tejidos, dignidad.

Me incliné un poco hacia la pierna derecha donde escondía la 22.

—¡Quieto!

Mi postura no me permitía doblarme demasiado, estaba perdido. Mi vida corrió frente a mis ojos entera y sin corte a publicidad. Los mejores pasajes tenían que ver con la lluvia, la falta de malicia, el aroma fresco de una muchacha mirándome desde una terraza en primavera. La tristeza tomó el lugar del miedo, tristeza de morir sin haberle dado un mordisco a la vida, un consejo sabio a la hija, un abrazo a la madre desconocida, una queja reflexiva al Perro Baleares. Anticipé la foto de mi cadáver en los diarios y que Ana y la niña llegaran a verlo. Aun muerto, les haría daño.

No lo pensé más, me doblé todo lo rápido que pude y saqué la 22 junto con un grito ahogado de dolor. Inada abrió los ojos del tamaño de un occidental cualquiera y recuperó el cuerno de chivo con ambas manos, llegó tarde, pues le reventé un tiro en la boca y lo vi alejarse de espaldas, manoteando como si nadara para atrás. Una ráfaga de fuego salió del cuerno de chivo, luego la dejó caer. Se arrastró por el arma, haciendo ruidos de foca, y se quedó tendido y orillado cerca del buró. Sus pies se sacudieron un par de veces antes de morir, al final una mancha de sangre aceitosa se extendía de su cráneo y se unía al cuerpo de Marcial Oviedo.

—¡Inada! —gruñó la voz de Pepe 4 del otro lado de la puerta.

Cogí el cuerno de chivo y lancé una ráfaga contra la puerta desperdigando trozos de madera. Nunca había usado un arma de ese calibre, así que parte de los tiros pegaron en el techo y en el suelo. Cómicamente, había disparado con el pantalón bajado y me detuve a componerlo antes de que la acción subiera de tono. Después que se dispersó el humo, escuché un ruido de rodar por las escaleras y un aullido hondo. Otra vez hubo un breve silencio, después pasos que bajaban a tropezones y una voz diciendo que me iba a matar por hijo de mi puta madre, la voz había sonado tan desgañitada que no supe si era la de Pepe 4 o la de la mujer.

Me descubrí en el espejo. El cuerno de chivo temblaba en mis manos. El rengo había dicho la verdad, el chino es muy astuto, pero el chino estaba muerto. Y ese chino amigo de la infancia se había ido a ese lugar donde estaban los demás amigos lejanos, a la bruma de mi desmemoria. Miré su cadáver.

Todo el mundo sabe que los chinos no envejecen, que nada más se secan.


Había dos alternativas: escapar por la escalera de caracol o salir como lo pensé al principio, echando tiros. Opté por lo segundo. Abrí la puerta troceada a balazos. El cuerpo de la mujer estaba bocabajo a mitad de la escalera, su cara volteada hacia mí con los ojos fijos como si de verdad me estuviera observando, pero la postura imposible del cuerpo y la sangre no se equivocaban. Estaba muerta. Pasé junto a ella y cuando mi pie asomó al siguiente escalón donde la escalera cambiaba de ángulo, una ráfaga de disparos me hizo regresarlo a su sitio. Tropecé y caí sentado en el vientre de la muerta.

—¿Era tu mujer? —grité, temblando de miedo—. Voy a arrastrarla hasta el cuarto. Tengo mis putas perversiones igual que ustedes.

Pepe 4 no pareció soportar aquella idea, apareció disparando frente a mí. Yo tenía la ventaja desde mi posición, tiré del gatillo con la absoluta idea de no soltarlo hasta que se terminara la última bala. Sólo salió una ráfaga, pero bastó para desbaratar al hombre. Se fue de lado como siguiendo su propia cabeza que se salía de su sitio, pero no se largó sin disparar una buena ráfaga de tiros que destrozó el barandal de la escalera e, irónicamente, hicieron sacudirse el cuerpo de la mujer como a una hija de Frankenstein resucitada.

Aunque ya no había disparos, permanecí agachado varios minutos. Respiraba agitadamente, tenía ganas de reír o de llorar. Cuando recobré cierto control, bajé y cogí mi 45 que estaba en la mesa junto a los cigarros.

Recorrí las habitaciones. Eran tres. En la última encontré fajos de billetes desperdigados junto a una maleta deportiva color gris. Dos millones de pesos sin duda alguna. Los guardé apresuradamente. Subí la escalera de la casa, crucé el cuarto y me asomé a comprobar mi recuerdo. Ahí estaba aquel tubo de latón pegado a la pared junto a la escalera de caracol, cogí cada fajo de billetes y lo fui echando al interior, les oí correr, pero el último no cupo, así que regresé con él a la sala, lo tiré sobre la mesa. Mis ojos recorrieron el tablero de juego. Cogí los dados y los arrojé al centro.

Un llanto surgió debajo de la mesa.

184

Había un cuadro marcadamente diferente al resto del suelo de parqué. Retiré la mesa, metí los dedos en el cuadro y levanté una tapa de buen tamaño. La luz de la sala cayó al interior de una habitación subterránea e iluminó aquel rostro confundido entre mechones de cabellos.

—¿Alicia?

Intentó sonreírme, pero sólo pudo dibujar una mueca de espanto.

No hubo periódico en el que no saliera la noticia. ALICIA DEL MORAL, VIVA… LA CIUDAD DE MÉXICO TIENE UN HÉROE VENGADOR… ¡ENCONTROLA Y LIBEROLA! Y un largo etcétera lleno de fotografías, mías y de los muertos. El escenario donde sucedieron los acontecimientos parecía ficticio, como inventado por un director de cine de gran guiñol. Otro acontecimiento divertido fue que me buscaron para hacer un programa de televisión, querían ponerme un equipo de gente que anduviera conmigo las 24 horas. *El reallity de Gil*, se llamaría. Divertido, pero los mandé a chingar a su madre con todo su mundillo descarnado de la televisión.

Leer uno de esos periódicos o ver un noticiero significaba lo mismo, incluso coincidían en el dilema sobre el dinero desaparecido. La poli sólo había encontrado el fajo de billetes que dejé a la vista. Yo había tendido una buena coartada, aseguré que uno de los secuestradores se me había escapado. Así que lo buscaban: era un metro con ochenta, tez morena, frente amplia, me lo inventé tan bien que podía verlo en mi cabeza. El tipo se había largado con los dos millones de pesos, de fijo.

Mi coartada quedó bien respaldada, pues, como decía Osiel, el secuestro es un negocio de muchas manos, así que otros andarían por ahí. Yo mismo no dudaba de eso.

Días después, me doblegué en cuanto a mi padre y fui a pegar papeles con su foto en las estaciones del Metro y en las delegaciones. Blanco quemado, ojos verdes, responde al nombre de Ángel o *Perro*, decían los boletines, Tiene una cicatriz en la sien y padece de sus facultades mentales.

Visité a Lidia, la enfermera que lo atendió, me aseguró que mi viejo no estaba con ella. Terminé de creerla cuando aquel médico del coche lujoso me dijo que, si volvía a molestarla, me clavaría un bisturí en el culo. Era creíble que esa mujer no necesitaba un viejo pensionado para ser feliz.

Una tarde de sábado, me presenté invitado a la fábrica de Mariano del Moral. Los mariachis entraron cantando *Cielito lindo* y llegaron frente a una mesa cuya protagonista principal era Alicia. Su madre la loba de uñas ganchudas, se limpió una lágrima. Mariano dijo un breve discurso frente a los trabajadores del dulce, aprovechó para decirles que cerraría pronto la fábrica por la caída de las ventas y de paso atacó a las transnacionales del dulce gringo. Los obreros, mujeres en su mayoría, lo miraron con ganas de que el pastelote, que estaba al centro de la mesa larga, estuviera envenenado.

Yayo estaba ahí con dos muletas y el rostro un poco envejecido.

—Dios la rescató —dijo Del Moral.

«Si así quieres llamarme», pensé…

—Dios puso a este hombre —dejó caer su mano en mi hombro— en el camino correcto. Mi mujer y yo siempre le tuvimos fe y él lo sabe. ¿Verdad que lo sabe, Gil?

Asentí alzando mi vaso de plástico con puta sidra tibia del Gaitero.

—Dale las gracias —le pidió Del Moral a su pequeña flor.

Alicia se levantó de su lugar, vino hacia mí. Era bonita como una indígena de película mexicana de los años cuarenta. Su mirada no tenía malicia, pero sí un atisbo de sufrimiento que amenazaba volverse permanente. Pensé en Prudencia, la hija de José Chon, Alicia me la recordó.

—Gracias, Gil —me dijo la muchacha con voz fresquita y me besó la mejilla.

Intenté darle un abrazo sincero, pero su madre me la quitó tan rápido como un mago hace desaparecer a una paloma.

Los mariachis cantaron seis canciones más. Los odié, pero eso no era novedad. Y como rezaba una de sus canciones, los mariachis callaron, pero apareció un grupo tropical cuyo tambor decía LOS JARIOSOS DE LA O.

—¿Baila? —me preguntó una de las empleadas, cacariza y dientona.

La mandé de paseo.

Cogí mi trago y fui a husmear. El proceso de la fabricación de dulces no parecía complicado. Toficos queridos, Toficos de mi infancia, chiclosos de leche quemada, de cuando no había juegos electrónicos y uno salía con una caja de cartón en la cabeza para mojarse bajo la lluvia y simular que andaba de taxista por las calles, acompañado de tres rufianes como tú, los mejores amigos que te podía dar la vida.

Yayo se acercó cojeando. De aquí en adelante se parecería al rengo, tal vez aquél se había reencarnado en éste para seguir gozando a tope.

—Soy mi abuelo reencarnado —me dijo.

Le sonreí. Él hizo lo mismo y rejuveneció un poco.

—En serio, Baleares.

—¿Cómo puedes estar seguro?

—Lo soñé.

—¿Y tú misión? Tal vez tu madre te mintió.

—Mañana me voy con mi sobrina, lejos, puede que en ese sitio descubra mi misión.

—¿A qué lugar se van?

—Es secreto de Estado…

—Entiendo.

Yayo dijo que no me guardaba rencor. Dio la vuelta y se fue.

Al rato se me acercó Del Moral. Metió la mano al bolsillo, sacó un papel doblado y me lo dio con cara de regalarme la medalla de honor de su abuelo militar. Era el cheque por los veinte mil pesos más una gratificación de cinco mil machacantes. Me dieron ganas de rehusarlos, diciéndole que después de tanto sufrimiento, mi pago era ver viva a su hija, pero temí levantar sospechas. Cogí el cheque, le di las gracias, bebí la sidra y me largué de ahí. Al pasar junto a la puerta, me detuve brevemente a mirar a Estrella del Moral, pero ella no doblegó la mirada, abrazó a su hija como protegiéndola, supongo que el instinto de mamá loba le reveló que yo no era del todo de fiar.

En la calle, sonó el móvil que me regaló José Chon. Escuché unos segundos y respondí:

—Voy para allá…

Ginebra preparó las bebidas, Osiel me contó que le habían nacido florecillas a una gardenia y perfumaban la azotea, incluyendo la casa de una vecina que se mostraba agradecida. También había un par de cactus recién adquiridos junto con varias revistas acerca de sus cuidados y propiedades curativas. Las anécdotas sobre mi padre siguieron a las de las plantas. No quería hablar de él y cambié de tema en cuanto pude.

—¿Para qué querías verme? Si es por lo de la ropa, no voy a aceptarla.

—¿Lo ves? —Osiel le guiñó el ojo a Ginebra—. Este cabrón es un orgulloso.

Ginebra, sentada en su silla reclinable de tela, me lanzó una mirada que me recordó la forma en que me comía la cara con los ojos antes de besarnos.

La tarde corrió entera junto con varias cervezas. Yo bebí todas las negras que me cupieron en el estómago y en la vejiga. Osiel estaba posponiendo algo que le comía la lengua. Hice lo mismo, no hablar, algo me decía que ésa sería la última vez que disfrutaría de aquel paraíso tropical en la azotea.

—¿Y bien? —Osiel se palmeó las rodillas—. ¿Qué fue de los dos millones?

—Los escondí en una tubería de la casa —espeté sin vacilar—. Pienso volver por ellos cuando todo esto se tranquilice. Pasaron las lluvias, así que no hay bronca de que les pase nada, además, tapé la tubería con una bolsa de plástico en cada extremo.

Osiel y Ginebra se miraron dubitativos. Enseguida, él rompió a reír y se rascó la cara de días sin rasurar, hasta enrojecerla.

—Eres malo para los chistes, cabrón, los dices como si fueran ciertos.

—¿Por qué no nos cuentas cómo era el fulano que se escapó? —dijo Ginebra.

—Ya lo conté muchas veces, un tipo feo y alto, salvé a la niña, no hay más que contar. Le corté un pedazo de cola a la serpiente, andará herida en los rincones, arrastrándose despacio hasta que se recupere y vuelva a morder con más veneno. Estoy consciente de eso. ¿Algo más?

Osiel destapó otra cerveza, me la puso en la mano y me miró abiertamente. Sus ojos tenían un aire de furiosa tristeza.

—Ginebra, dale el regalo a mi amigo.

—Espero que no sea la ropa otra vez —sonreí.

Ginebra bajó la escalera. Osiel y yo nos quedamos mirando el follaje y más allá el cielo limpio, hasta que su chica regresó con su bolso pequeño en la mano.

Se sentó frente a mí.

—¿De qué se trata? —Dibujé una sonrisa de niño al que le van a regalar unos bombones.

Ginebra metió rápido la mano en el bolso, esa mano tembló levemente a la vez que sus ojos lanzaron un destello decisivo. En un solo movimiento, yo metí la mano debajo de la silla donde había guardado mi 45 cuando Osiel miraba el horizonte, la levanté y sin chistar disparé un solo tiro en el pecho de la mujer. Ella gruñó ahogándose en su sangre, tuve que apartarme para no ser bañado por el chorro escarlata que saltó del pecho.

—¡Cabrón! —chilló Osiel.

Giré el arma y le tundí dos disparos también en el pecho. Él no sangró. Abrió brazos y piernas, ampliamente. No se le cayó la botella de cerveza. Comenzó a jalar aire en intervalos. Me puse de pie y miré los ojos de la mujer, dos trozos de mar en calma. Vacié el bolso sobre la mesita de centro, de él cayó una calibre 38. Me pregunté cómo sería al revés, yo sentado ahí, observado por ella.

Fui frente a Osiel, no podía concentrar sus ojos en mí, se le iban fácilmente hacia arriba.

—El juego de las serpientes y las escaleras —le dije—, el que mencionaste, Pepe 4 y Sara lo estaban jugando. Eso, y que cuesta caro viajar por todo el mundo y tener una chica así cuando eres un pobre diablo.

No sé qué pensó de mis palabras. Su mirada se movió hacia el follaje de sus plantas y esta vez se quedó quieta. El timbre del móvil me estremeció. Fue como cuando Osiel me había citado un par de horas atrás. Respondí alucinando que volvería a escuchar su voz ansiosa pidiéndome que viniera a verlo.

Desde luego no era él, pero sí se trataba de otra sorpresa.

—Voy para allá.

Quería llevarme algo de recuerdo, quizá una planta pequeña o una botella de ron. Miré a Osiel y a Ginebra sentados a cierta distancia el uno del otro, muy parecidos en las posiciones, parecían disfrutar de su paraíso artificial. Eso fue lo único que me llevé de ahí, aquella imagen de falso verano.

Y

Una treintena de personas asustadas y curiosas se agolpaban frente a las puertas del templo evangelista. Dos paramédicos aguardaban cerca de una ambulancia y dos policías intentaban dispersar a la gente. Me pidieron que me fuera, mostré rápido mi credencial y añadí mi nombre, sabiendo que gozaba de mis quince minutos de fama.

—Hay un tipo adentro —dijo uno de los polis, mirándome como a Dios que baja en una nube—. Apuñaló a uno, tiene a otro y dice que se lo va a chingar. Según esta gente, el fulano se violentó en medio de la misa.

Mostré el móvil al poli:

—Se llama José Chon y lo tengo en la línea.

—¿Y qué es lo que quiere?

—Morir —respondí—. Voy a entrar…

—Bajo su propio riesgo.

Acerqué el móvil a mi oreja, escuché la respiración aplastada de José Chon.

—Voy a entrar, amigo…

—Quédate o también te chingo, ya no ando en mi juicio.

—Si me hablaste, fue por algo.

—Sí, para decirte que tienes la culpa de esta desgracia, ahora vete y que Dios te perdone porque yo no puedo.

—Lo discutiremos de frente.

—¡A la mierda, dije! —Colgó.

Los policías me miraban expectantes.

—Dice que entre…

La gente y los dos policías me abrieron camino. Crucé arrepentido al instante.

En la parte central del recinto, grande y sobrio, estaba José Chon sosteniendo un cuchillo largo de carnicero. Al parecer la herida había sido limpia, pues el cuchillo apenas tenía una leve capa de sangre en el filo. A los pies de José Chon estaba Juanelo moviéndose despacio como un feto en líquido amniótico. Más allá, en una banca larga, había un hombre sen-

191

tado muy quieto, cabizbajo, de coronilla calva, de aspecto frágil. Parecía rezar.

—¿Y ése? —Di dos pasos hacia José Chon.

—¡No te acerques! —Levantó el cuchillo.

—¿Picaste a ese muchacho en la casa de Dios? —reprendí sin saber si estaba diciendo algo ridículo o adecuado—. ¿Qué va a pensar Jesús? ¿Crees que esto agrade a sus divinos ojos? —Busqué las frases de la Biblia y dije torpemente—: ¿Qué hay de aquella parábola: trata a la gente como quieras que te trate y límpiate los pies cuando nadie te haga caso?

José escupió una risilla dolorosa moviendo con desesperación la cabeza:

—¡Ay, cabrón, sabes una chingada!

—Podemos volver a la senda del bien.

Su risa resonó en el templo.

—Vamos a hincarnos y a rezar para que Dios salve la vida de Juanelo. Míralo, todavía se mueve. Afuera hay una ambulancia, aún es tiempo…

—¿Alguna vez has matado un cerdo?

—No.

—Cuando les das un piquete en el hígado, ya se los cargó la chingada.

Miré a Juanelo, su cabeza parecía las voces y, en efecto, tenía una mancha de sangre a la altura del hígado.

—¿Y ése quién es? —volví a preguntar por el tipo que permanecía sentadito.

—El padre de éste. La otra noche fue a pedir la mano de mi hija. ¿No te parece mucha puta burla? ¡El güey se la roba y la tiene de su putita y encima viene con su padre a pedir la mano! Ay, cabrón, no conocían a José Ramón Treviño! Les di veinticuatro horas para que me la devolvieran y se sacaran a chingar a su madre hasta Toluca. ¿Sabes qué hicieron, eh? ¿Lo sabes? Cabrones enanos. Presentarse aquí en el templo al día siguiente, volvieron a decirme lo mismo, que la mano de mi hija, que la araña tuerta… ¿Y para qué quieres su mano si ya tienes el culo?, le dije a éste. —Señaló a Juanelo con el cuchillo—. Última advertencia, les dije a los dos, quiero a mi hija, cogida y todo, pero mañana mismo la veo en casa o se van a acordar de mí. ¿Y qué pasó? Otra vez los dos cabrones en el templo, ofendiéndome, ofendiendo a Dios, pero ya venía preparado. —Puso la punta del cuchillo sobre la cabeza de Juanelo.

Volví a mirar al padre del muchacho.

—¿Sabes lo que tengo en el bolsillo, José Chon?

—Ni puta idea.

—La 45.

—Pues sácala y mátame, me vas a hacer un gran favor, un pinche plomazo es lo que estoy implorando, verdad de Dios…

—Acabo de matar a un amigo, no quiero matar a otro el mismo día. ¿Te acuerdas de Osiel Langarica?, vengo de matarlo…

—Me vale madres.

—Tienes razón, todo vale madres. —Me di la vuelta para salir de ahí.

—¿Adónde vas?

—A la calle. No dejes vivo al padre de Juanelo, sería un infierno para él.

Escuché el eco de mis propios pasos hasta llegar a la puerta. Un ruido de fierro reverberó por todas partes. Me volví. José había soltado el cuchillo, se desplomó de rodillas.

—¡Te chingué, manito! —comenzó a decirle a Juanelo—. ¡Te chingué! —Lloraba.

Emprendí el camino anterior, pateé lejos el cuchillo.

—A lo mejor no le toqué el hígado —dijo José Chon—. ¿Verdad, Gil?

—Seguro que no.

—¡Que Dios me perdone!

—Seguro que sí.

José Chon se puso de pie, me observó unos segundos y se encaminó a la puerta. Al pasar junto al hombre de la banca, le miró fugazmente y le dijo:

—Hubiera insistido yendo a mi casa, pero no aquí en el templo.

El hombre no levantó la cara.

Al cruzar la puerta, José Chon fue devorado por los ruidos de la gente.

Me incliné a revisar más detenidamente a Juanelo, le llamé por su nombre. Sonrió levemente e intentó decir el mío con esa palabra que siempre anteponía, «señor». No había nada que hacer, estaba muerto.

—Estoy cagado en la casa de Dios —dijo súbitamente el padre.

Al momento entraron policías, paramédicos, periodistas y curiosos, trayendo con ellos un poco de Sodoma y de Gomorra o de Torre de Babel, no sabría precisarlo.

Los días corrieron a mi favor. Aquella nueva hazaña del templo evangelista trajo reporteros hasta la puerta de mi apartamento. Querían saberlo todo sobre el Chacal Carnicero y cómo le convencí de entregarse a la policía. Debo decir que siempre hablé bien de José Chon, era un buen hombre que no soportó la idea de ver a su hija formando parte de otra generación sacrificada de jóvenes sin futuro, cargados de hijos, deudas y mediocridades. En cuanto a Juanelo Patraña, confesé que José Chon y yo lo valoramos poco. Por su parte, José Chon, pedía perdón a medio mundo desde el reclusorio Oriente, aseguraba que el diablo le había ordenado matar al muchacho. El padre de Juanelo inició una huelga de hambre en el jardín de La Ciudadela pidiendo la pena capital en México. Afuera de su tienda, había una mesa donde cualquiera podía acercarse y estampar su firma en un papel o escribir un comentario.

Un día me pasé por ahí, oculto en anteojos oscuros, y revisé esos papeles. Cientos de firmas de capitalinos, cansados de la violencia y de los pocos huevos de los gobernantes para ponerle freno al caos, llenaban las hojas. Yo también firmé.

Cuatro o cinco días después, casi a finales de octubre, una tarde de cielo color pólvora, me encontré en la calle con Carmelo empapado de pies a joroba. Me dijo que había ido a firmar la hoja y en ese momento una ambulancia se llevaba al padre de Juanelo. La lluvia mojaba los papeles con firmas, según la descripción de Carmelo. Opinaba que habían envenenado al pobre hombre. Lo cierto es que falleció pocos días después, no de hambre, sino de un infarto cerebral.

Mi agenda rebosaba de nombres desconocidos esperando una entrevista para encargarme casos de secuestro. Yo gozaba de merecidas vacaciones en mi propia casa. No me apresuré a apañarme el botín. Preferí, junto con una botella de Daniel's comprada esta vez con mi dinero, planear el futuro. Luego de muchas y descabelladas ideas, llegué a una conclusión: me largaría de la ciudad lo más pronto posible.

Visité un par de veces a Ana, pero nunca me abrió la puerta. Decidí darle tiempo al tiempo, pero un día, escondido detrás de un árbol como en esas películas de llorar amargo, la observé llevar a la hija a la escuela. No repetí la dosis de dolor.

Aquella tarde lluviosa, frente al espejo, revisé mi chamarra negra, grande y llena de bolsillos a lo Hemingway. Le pregunté a Lupe si me veía bien. (Había regresado al trabajo a condición de un incremento del treinta y cinco por ciento de sueldo más un pago extra por haberle hecho *topless* involuntario al viejo; me dijo que él no había intentado violarla el día de la pecera rota, pero que se liaron a cabronazos cuando la ofendió.) Lupe me hizo una seña con los dedos de *okay*, la chamarra me quedaba bien.

Subí en el Metro en Centro Médico, transbordé en Pino Suárez y bajé en Xola. Abordé un microbús que me dejó en la avenida Santiago. Caminé hasta la casa donde rescaté a Alicia del Moral, volví a trepar la barda de la vecindad. Esta vez, un vecino me vio hacerlo, pero yo ya había saltado del otro lado. Debía darme prisa. Subí la escalera de caracol, metí la mano en el tubo y saqué el primer fajo de billetes, estaba húmedo. Lo guardé en la chamarra y así hice con los demás fajos, sacarlos del tubo y guardarlos en mis bolsillos.

Las voces de los vecinos del otro lado del muro comenzaban a escucharse.

Detrás de mí, sentí a los muertos, Osiel, Ginebra, Pepe 4 y su mujer, Bazuca, los fulanos de la ley garrote, Inada, todos ellos observando cómo me hacía rico en tres segundos.

Rompí el sello de seguridad que había puesto la poli en la puerta y me metí en la habitación. Parte del escenario seguía intacto, ahí sentí al último fantasma oliendo a Hugo Boss. Bajé la escalera recordando cuando me abrí paso a tiros. Visualicé a la mujer tendida a mitad de la escalera, a Pepe 4 destrozado por las ráfagas del cuerno de chivo. El tablero de Serpientes y Escaleras seguía ahí, lo mismo que la caja de Marlboro jugando con el desequilibrio al borde de la mesa.

La puerta principal tenía cerradura, del otro lado del vidrio translúcido se veía una cinta de plástico amarilla, era el sello restrictivo de la ley. Comencé a sentirme acorralado. Intenté una tercera opción, regresé a la escalera de caracol y en vez de bajar, trepé a la azotea. Agazapado, fui mirando posibilidades; una de ellas era saltar a la casa de junto, pero ahí enfrentaría el mismo problema, ¿cómo salir? La otra era hacerle al hombre araña y descolgarme por la pared de la casa hasta la calle. No parecía buena idea. Decidí echar un ojo al patio de la vecindad. Ya no estaban los vecinos. Podía ser una trampa, pero más valía lo malo por conocido. No lo pensé más, regresé a la escalera, bajé al patio, me subí a la barda y caí del otro lado. Caminé a lo largo del patio sin correr, pero deprisa. El maldito móvil sonó dentro de mi chamarra. Los vecinos comenzaron a salir de sus viviendas con palos, cuchillos y hasta planchas en las manos. Bajé la cara y seguí mi camino.

—¿Qué buscabas? —preguntó uno.

Guardé silencio.

—Cabrón —dijo otro.

—¡Cabrón ratero!

Las voces arreciaron igual que la tormenta repentina. Saqué la fusca y pegué un tiro al aire, las dos olas de vecinos, una a cada lado del patio, se contuvieron un segundo, que aproveché para salir corriendo. Me detuve a media calle, giré y descubrí que los vecinos habían salido y me observaban como esos seres de ultratumba que no pueden ir más allá de sus límites.

El móvil ya no sonaba. Revisé el número, no era conocido. Caminé de vuelta, pasé frente a la barda del cementerio, la imagen de aquella procesión vino a mi cabeza. Llegué al Metro, subí al último vagón, pero aún ahí estaba lleno. Un tipo manco de ambas manos entró a pedir limosna hinchándose las venas del cuello en cada palabra gutural. El brutal sentido del humor me hizo soltar una risotada: en mi chamarra traía dos millones de pesos y ese esperpento se abría paso a golpe de muñones, el puto mundo era una cloaca de injusticias, todos formábamos parte de una tómbola, subíamos, bajábamos por sus paredes circulares, atropellándonos, sintiéndonos dioses y escupitajos. El móvil volvió a espetar un timbrazo. Esta vez respondí.

La voz fue contundente.

—Ya tienes el dinero, ¿verdad, puto?

Me había equivocado, la voz sedosa que torturara a Mariano del Moral no era la de Pepe 4: era ésta metida en mi cerebro, viajando en el Metro sin pagar pasaje ni pedir permiso.

—Vas a seguir mis indicaciones, pinche Rambo de cagada, o a tu padre le toca ley garrote…

El alma es un muro lleno de grietas, el dolor es lluvia fina, se filtra hasta llegar a lo más hondo. Vi la lluvia caer sobre la ventana, vi deformes siluetas entrar y salir de la vinatería abajo del edificio, cobijadas por la luz artificial del anuncio La Gallega Alegre. Parecían ajenos al dolor pero quién sabe, quién sabe si al cruzar las puertas de sus apartamentos se desmoronarían como yo dejando caer las llaves sobre la mesa. Si correrían ansiosos a encender la tele en busca de que la vida le sucediera a los demás y en una pausa a publicidad, preguntarse, ¿para qué tanto empeño, si moriré mañana o pasado mañana o en unos años? ¿Para qué tanto puto anuncio de coches lujosos o yogures ceros en grasa y venta de casas en la playa? Todo terminará.

Mi padre contra dos millones de pesos. Cada día que escombraba su habitación le quitaba algo: un día fueron las fotos con sus amigos de la policía, otro su manopla, otro más vacié las medicinas del buró. Quería desparecerlo despacio, no bruscamente, pero sí que al final tuviera que recurrir a mi cabeza para recordarlo y no que los objetos me saltaran encima sin previo aviso. Si alguna vez vendía el apartamento, terminaría por librarme definitivamente no sólo del Perro, sino de mis años de vida inútil, de esos objetos que siempre traían a mi cabeza las peores cosas; las dos sillas que sobraron del divorcio; el baúl rústico donde guardé mis documentos de la policía; mis pocos certificados de estudios; la pila de zapatos viejos comidos de las suelas por el cemento de la ciudad; una cesta a la que supuestamente mi madre había hecho una funda de tela.

El móvil hizo su segundo llamado. No me fue difícil no contestarlo. Eché a volar la imaginación como un pájaro ligero, pediría un par de taxis de sitio: uno para despistar, el otro para abordarlo e ir a dormir a un hotel cerca del aeropuerto. Al día siguiente, abriría una cuenta en un banco y dejaría ahí el dinero. Cogería un avión a Europa, a los Países Bajos, ¿por qué no? Me conseguiría mi propia Ginebra y gastaría con ella el dinero en base a la posibilidad de años que me quedaran por vivir...

—¿Por qué tardaste en contestar, puto?

—¿Cómo sé que está vivo?

Silencio. Un largo quejido familiar, remoto, perruno, cargado de cansancio, un ah de viejo del otro lado de la línea. Otro silencio, otro manotazo de lluvia en las ventanas. La sala estaba vacía, demasiado vacía y demasiado en orden.

—Ya lo oíste, cabrón, está vivo el puto. Y de ti depende de que siga así. Vas a hacer esto, hijo de la chingada. Llegas al periférico, a la altura de la pinche Televisa por adentro del periférico, pero justo adentro, güey. ¿Entiendes, mamón?

—¿Y después?

No hubo después. Limpié la 45, cargué balas, me puse la chamarra frente al espejo y pensé en esos cadáveres que aparecen en los diarios. Se vistieron antes de morir, se vistieron ellos mismos. No se habrían vestido de haber pensado hoy me matan, hoy no regreso vivo a casa para quitarme la ropa. Quizá yo también me estaba vistiendo para que me mataran.

No me arrepentía de mis pecados. Bueno, sí, de uno, del par de tundas que le metí a Juanelo Patraña. La verdad es que el muchacho siempre me había llamado, con mucha sinceridad, señor; por lo demás de nada valía echarme en cara el pasado. El divorcio había sido culpa mía, pero a fin de cuentas sólo era parte de una estadística de matrimonios fracasados. ¿Y la hija? ¿Podía arrepentirme de no haber luchado para estar a su lado? Quizá ése fue el mejor favor que pude hacerle...

—Puta lluviecita, ¿verdad, mi jefe? —El taxista calvito y sonriente me abrió la puerta del Volkswagen.

—Me gusta ver llover…

—Llo-verga viotas —albureó.

Avanzamos a lo largo de las calles, hablando de asuntos que no llevaban a ninguna parte, política, corrupción, fútbol. Pero la mayor parte del tiempo, guardamos silencio y cuando ese silencio se hizo demasiado pesado, el taxista bostezó de hartazgo y un dio un manotazo al volante.

Quedamos atrapados en Diagonal San Antonio donde conectaríamos con el periférico.

Sonó el móvil. Respondí tajante:

—Voy en camino.

—¿Por dónde andas?

—San Antonio…

—Cambio de planes, no entres al periférico, síguete derecho.

—Pero…

Otra vez teléfono muerto. Le pedí al taxista que siguiera derecho, no le gustó el cambio de planes. Sus mejillas se tiñeron de un color guinda serio, pero me obedeció.

El camino se volvió en una calle sinuosa y ascendente. Las llantas levantaban abanicos de agua sucia. Las pocas luces provenían de un mal alumbrado público y de algún puesto de fritangas. El ruido del motor se estremecía en el ascenso.

Otra vez el móvil.

—No más cambio de planes —reclamé.

—Cállate y escucha bien, ve al periférico.

—¿Por qué tanto desmadre? De allá vengo, tengo lo que quieres…

El móvil quedó en silencio.

—Al periférico —ordené al taxista.

—¿Adónde exactamente? —inquirió decidido.

—Te lo diré en el camino.

—Ahora.

—De momento no lo sé.

—Dígamelo ahora o se acabó su viaje.

—¡Al periférico, chingada madre! —aullé—. ¡Y deprisa!

Su cara se volvió un globo que contiene una explosión sin reventarse apenas, y me lanzó dos chispazos de ira y viró bruscamente hacia el periférico. La misma tortura, nos formamos atrás de una fila de coches que también pretendían entrar al periférico. Los cuartos traseros de todos esos coches parecían coleccionarse como lucecitas de Navidad. Bajé la ventanilla y dejé que el aire limpio de lluvia se llevara el tufo de nuestra promiscuidad nerviosa.

—¿Cuántas horas llevas manejando hoy?

—Todas —respondió el tipo, secamente.

Su credencial colgaba del espejo, leí su nombre.

—Antonio Sánchez —dije en voz alta.

Apenas parpadeó.

—Secuestraron a mi padre, Antonio Sánchez…

—No quiero oír.

—Es mejor que te lo cuente por si hay bronca…

—No quiero oír, no quiero, no quiero —balbuceó varias veces—, no, no, no…

—Entonces, calla y maneja.

—Lo bajo llegando a periférico —resolvió.

Avanzamos como coches empujados por manos de niños invisibles, uno, dos, tres centímetros. Uno, dos, otros tres centímetros. Antonio Sánchez encendió la radio, consideré que tal vez lo tranquilizaría, así que no le pedí silencio. La voz espesa de Toña La Negra Sentenció con absoluta gravedad: *¡Noche de ronda!* De golpe me hundí en un mar de mierda desoladora.

De nuevo el móvil. Esta vez, Antonio compartió los nervios.

—¿Dónde andas? —preguntó la voz.

—Llegando al periférico.

—¿Y qué haces ahí?

—Tú me dijiste que…

201

—¡Yo no te dije ni madres! Regrésate a San Antonio.

—No lo voy a hacer.

El tipo me colgó. Sentí una explosión de calor en la cabeza. El rostro de mi padre mil veces repetido pero mil veces diferente, sus palabras duras, sus risotadas alegres, sus bailes de chango, su manota pellizcándome el cachete, todo volvió a mi cabeza en oleadas de angustia.

—A San Antonio, Antonio —le dije al taxista.

Él detuvo el coche.

—¿Qué esperas? Muévete…

—Ahí está el periférico, a una calle…

—¡Qué te regreses, cabrón!

—¡No lo voy a hacer!

La discusión iba a seguir en alto, pero el ruido del móvil nos interrumpió.

—¿Ya estás en San Antonio?

—Apenas estoy tratando de encontrar un retorno…

—Pues no lo busques, síguete por el periférico. Te sales en el Toreo.

Colgó de nuevo.

—No —me dijo el taxista que al parecer había alcanzado a oír la voz—, yo no voy para allá. Son treinta pesos y aquí lo dejo.

—Al Toreo, ya escuchaste.

—No.

—Toreo de Cuatro Caminos.

—¡No!

Metí la mano a la chamarra y saqué un fajo de billetes.

—¿Cuánto dinero quieres, cabrón? ¿Esto te basta?

El tipo se puso pálido como si en lugar de dinero hubiera visto la 45.

—No quiero nada, no quiero broncas; bájese, no me pague.

Saqué el arma y le apunté a la cabeza pelona. Alzó las manos, tibiamente.

—Llévese el coche. Yo me voy a bajar, pero no dispare. Yo no la armo de pedo, nomás me bajo rápido, ¿sí?

—Maneja ya, puede venir una patrulla.

Esta vez no tardamos en entrar al periférico rumbo al norte de la ciudad. Toña La Negra había terminado su retahíla de quejas fúnebres. Agustín Lara, venido de ultratumba tomó su sitio con su voz chirriante y oxidada, pedía amor igual que un opiómano suplica entrar a la trastienda orgiástica de una casa de chinos.

—Pronto estarás en tu casa —le dije a Antonio.

—Eso sí quién sabe…

—Es cierto, a lo mejor te reviento, a lo mejor nos revientan a los dos y ese puto de Lara no se cansa de cantar aunque ya esté muerto. En realidad, el flaco cabrón se la pasa enterrando generaciones desde la ultratumba.

Casi media hora después, la fea estructura en forma de abovedada del Torerote Cuatro Caminos surgió a doscientos metros. El sonido del móvil no se hizo esperar.

—Estamos aquí —dije.

—No digas estamos —intervino Antonio.

Lo callé con una seña.

—¿Aquí dónde? —preguntó la voz.

—Ya lo sabes, en el Toreo.

—¿Y qué haces ahí, cara de culo fruncido?

—Tengo el dinero, ¿te lo entrego o seguimos jugando a que me asustas?

Unas risillas se oyeron del otro lado de la línea, el tipo no estaba solo.

—Sal del periférico.

Le señalé la salida al pobre Antonio que temblaba igual que una gelatina.

—Ya. ¿Ahora qué?

—Sigue de frente y donde está el muro verde con un payaso dibujado en un letrero grande das la vuelta…

—¿Qué payaso?

—Tu puta madre con nariz grandota...

Repetí las instrucciones en voz alta para Antonio.

—¿Por qué repites? —preguntó la voz suspicaz.

—Ya sabes que vengo en un taxi.

—¿Y cómo sabes que ya sé?

—Supongo.

—¿Ya viste al payaso, puto?

El payaso enorme sonreía con brutalidad iluminado a contraluz en lo alto de un edificio esquinal. Cogimos la calle estrecha, de un lado había casas desiguales, del otro lado un muro de ladrillos.

—¿Dónde andas?

—Hay un muro largo.

—Final de viaje, detente en la esquina...

Las manos de Antonio temblaron cuando tuvo que parar.

—Baja con el dinero —me ordenó la voz.

—¿Y mi padre?

—¿Traes papel de baño? Va cagado el güey.

Quité y recogí las llaves del coche para que Antonio no se marchara sin mí.

—¿Adónde vas? —me preguntó desamparado y tuteándome de pronto.

—No te asustes, todo va salir bien.

—Pronto estaré en mi casa —repitió las palabras que yo le había dicho, pero en él no se oían verdaderas.

—¿Sigue ahí? —pregunté varias veces al móvil.

—Ya, ya, puto, ya te oigo. Va a aparecer un Stratus negro por la esquina, vete sacando la pasta y la dejas en el suelo. ¿El taxista viene contigo?

—No.

—Bien, cabrón.

—¿Y mi padre?

—Se acabó la charla, ponte listo. Adiós.

Busqué la 45 en mi chamarra para estar de veras listo.

—¡Dame las llaves!

Giré, Antonio me apuntaba torpemente con mi arma. El rumor creciente de un coche se acercaba por la esquina.

—¡Dame las llaves o disparo!

Rápidamente, le tiré las llaves en el suelo, pidiéndole que hiciera lo mismo con la pistola para poder defenderme. Dejó caer el arma y se escuchó un disparo. Antonio se llevó las manos al estómago y sacó un ruido que parecía rabieta.

Miré hacia la esquina, las luces de unos fanales proyectadas en el muro comenzaron a palidecer y el ruido de motor se fue haciendo lejano. Antonio intentaba agacharse para recoger las llaves, el dolor y la mancha de sangre tan crecientes como la Luna le hicieron sollozar amargamente. Ya no podía hacer nada por él.

Corrí en la dirección de donde habían llegado las luces del coche, cada metro avanzado me estallaba el corazón. Los perros aullaban lejos. Al doblar la esquina todo terminó. Lo único que encontré fue el ruido alterado de mi propia respiración y frente a mí un paisaje encarcelado por una malla de alambre, ese paisaje era la ciudad distante en forma de gusano largo y luminoso.

Y las luces titilaban como si tuvieran vida.

205

ESTE LIBRO UTILIZA EL TIPO ALDUS, QUE TOMA SU NOMBRE

DEL VANGUARDISTA IMPRESOR DEL RENACIMIENTO

ITALIANO, ALDUS MANUTIUS. HERMANN ZAPF

DISEÑÓ EL TIPO ALDUS PARA LA IMPRENTA

STEMPEL EN 1954, COMO UNA RÉPLICA

MÁS LIGERA Y ELEGANTE DEL

POPULAR TIPO

PALATINO

\* \* \*

\* \*

\*

*LEY GARROTE* SE ACABÓ DE IMPRIMIR EN

UN DÍA DE INVIERNO DE 2007, EN LOS

TALLERES DE BROSMAC, CARRETERA

VILLAVICIOSA – MÓSTOLES, KM 1

VILLAVICIOSA DE ODÓN

( MADRID )

\* \* \*

\* \*

\*